COLLECTION FOLIO

Joseph Kessel

de l'Académie française

La steppe rouge

Gallimard

© *Éditions Gallimard, 1923.*

Joseph Kessel est né à Clara, en Argentine, le 10 février 1898. Son père, juif russe fuyant les persécutions tsaristes, était venu faire ses études de médecine en France, qui devint pour les Kessel la patrie de cœur. Il partit ensuite comme médecin volontaire pour une colonie agricole juive, en Argentine. Ce qui explique la naissance de Joseph Kessel dans le Nouveau Monde.

Sa famille revenue à Paris, Kessel y prépare une licence ès lettres, tout en rêvant de devenir comédien. Mais une occasion s'offre d'entrer au *Journal des débats*, le quotidien le plus vénérable de Paris. On y voyait encore le fauteuil de Chateaubriand. On y écrivait à la plume et on envoyait les articles de l'étranger par lettres.

C'est la guerre et, dès qu'il a dix-huit ans, Kessel abandonne le théâtre — définitivement — et le journalisme — provisoirement — pour s'engager dans l'aviation. Il y trouvera l'inspiration de *L'équipage*. Le critique Henri Clouard a écrit que Kessel a fondé la littérature de l'avion.

En 1918, Kessel est volontaire pour la Sibérie, où la France envoie un corps expéditionnaire. Il a raconté cette aventure dans *Les temps sauvages*. Il revient par la Chine et l'Inde, bouclant ainsi son premier tour du monde.

Ensuite, il n'a cessé d'être aux premières loges de l'actualité; il assiste à la révolte de l'Irlande contre l'Angleterre. Il voit les débuts du sionisme. Vingt ans après, il recevra un visa pour le jeune État d'Israël, portant le numéro UN. Il voit les débuts de l'aéropostale avec Mermoz et Saint-Ex. Il suit les derniers trafiquants d'esclaves en mer Rouge avec Henry de Monfreid. Dans l'Allemagne en convulsions, il rencontre «un homme vêtu d'un médiocre costume noir, sans élégance, ni puissance, ni charme, un homme quelconque, triste et assez vulgaire». C'était Hitler.

Après une guerre de 40 qu'il commença dans un régiment de pionniers et qu'il termina comme aviateur de la France Libre, Joseph Kessel est revenu à la littérature et au reportage.

Il a été élu à l'Académie française en novembre 1962. Il est mort en 1979.

À la mémoire de mon frère Siber.

Le chant
de Fedka le Boiteux

I

Fedor Ivanitch Zoubov et Eudoxie Nicolaïevna, sa femme, formaient un ménage très uni.

Mariés depuis seize ans, ils avaient l'un pour l'autre une affection sans transports qui suffisait à leurs médiocres exigences sentimentales. Le goût du luxe leur faisait également défaut et depuis que Fedor Ivanitch, qui était professeur de géométrie, avait été nommé au gymnase de N..., ville universitaire de la Volga, ils se trouvaient parfaitement heureux.

Leur bonne entente était renforcée du fait qu'Eudoxie Nicolaïevna, petite femme maigre et ratatinée, était fort bavarde et que son mari, d'un naturel taciturne, avait une faculté infinie d'écouter sans entendre. En vérité, au temps de leurs fiançailles, Eudoxie Nicolaïevna avait été gênée par l'air glacé de Fedor Ivanitch, mais elle avait attribué cette froideur à l'infirmité de son fiancé, qui était boiteux de naissance. Elle le classa parmi les tristes et se tranquillisa.

Cette opinion sur Fedor Ivanitch, qui, d'ailleurs, était générale, ne répondait point à la vérité. Il la devait à une certaine lenteur de mouvements et à la fixité d'un visage qui, par des pommettes aiguës et des yeux étirés, révélait une ascendance tartare encore proche.

Mais cela n'empêchait point Zoubov d'avoir pour la vie un goût méthodique. Il s'intéressait à son métier; savait profiter des vacances, des livres, des journaux. Estimé de ses collègues, bien noté par l'administration, ponctuel et consciencieux, il tirait de sa situation un orgueil tempéré par une intelligence froide. Il aimait par-dessus tout l'ordre, les principes fermes, les joies sérieuses qui ont des limites connues d'avance. Il avait en outre un penchant très vif à s'analyser et l'étude de son caractère lui procurait un plaisir toujours neuf, car elle confirmait l'opinion qu'il avait de lui-même comme d'un homme de tête froide, de cœur solide et de nerfs éprouvés.

— Il faudrait chez nous beaucoup de gens comme moi, pensait-il avec satisfaction. Dostoïevsky aurait trouvé moins de héros, mais les choses iraient mieux.

Quelques souvenirs toutefois le gênaient dans l'estime où il se tenait. Il lui était fort pénible de se rappeler que dans les beuveries universitaires il dépassait tous ses camarades en déchaînement ou qu'un soir, revenant du théâtre en voiture avec Eudoxie Nicolaïevna il avait roué de coups le cocher qui n'allait pas assez vite à son gré. Il ne comprenait pas davantage pourquoi certains airs tziganes lui brouillaient la vue, crispaient ses doigts, brûlaient ses veines d'un désir de sauvage bacchanale, ni pourquoi, certains jours, il éprouvait une volupté sadique à torturer ses élèves de questions insolubles, à voir pâlir un adolescent sous une insulte à peine déguisée.

Mais ces anomalies étaient si rares dans sa vie qu'il ne pouvait leur accorder d'importance.

Aux premiers jours de la révolution il apprit à s'estimer davantage encore. Toutes les idées de liberté, dont il voyait, comme d'un vin trop jeune, les cerveaux grisés, lui paraissaient puériles et inadaptées à la nature humaine. Il écoutait avec mépris ses collègues, dont quelques-uns portaient des favoris blancs, bénir la Douma et avec une sorte de haine ses élèves chanter la *Marseillaise* dans les cours du gymnase.

« Ce n'est pas un avocat qu'il nous faudrait pour gouverner, mais un préfet de police et à poigne encore ! » dit-il un soir à Eudoxie Nicolaïevna, en pensant à Kerensky. « Libres, libres, crient-ils tous. Et en quoi, je te prie ? Du désordre, voilà tout ! Je leur en ficherais moi de la liberté, si je pouvais ! »

Eudoxie Nicolaïevna qui n'avait jamais entendu son mari dire d'un trait une si longue phrase, pensa que les choses devaient aller bien mal et se signa en soupirant.

Chaque jour exaspérait davantage Fedor Ivanitch. Mais, en automne, des nouvelles confuses arrivèrent des capitales russes, annonçant une émeute ou une révolution, on ne savait. Le professeur ne cacha pas sa joie.

— Allons, toutes ces bêtises sont finies, pensa-t-il. Le tsar va revenir et quelques sotnias de cosaques remettront tout en ordre ici à coups de nagaïka.

Cependant la ville s'animait d'un trouble bouillonnement. On voyait errer des soldats aux traits farouches, carabine au poing et qui n'obéissaient plus. Les autorités avaient des visages défaits. Dans les quartiers ouvriers des émissaires véhéments discouraient à voix basse. Et, par un matin pluvieux, s'éveilla le bruit des fusils et des mitrailleuses.

— Qu'est-ce ? gémit Eudoxie Nicolaïevna.

— Les bolcheviks, je pense, répondit Zoubov. Tant mieux, ce sera plus vite terminé.

Il affectait son calme ordinaire en prononçant ces mots, mais dès les premiers crépitements, une étrange nervosité s'était insinuée en lui et il fallait qu'il raidît sa volonté pour ne pas laisser entendre dans sa voix le frémissement qui lui crispait la gorge.

Étonné, il s'ausculta. De la peur ? Ah ! non ! C'était au contraire une espèce d'allégresse, une anxieuse et exquise attente. Tâchant de se maîtriser, il alla vers la fenêtre qui donnait sur la rue. Une salve toute proche secoua les vitres et Fedor Ivanitch sentit soudain son cœur battre sur un rythme fou. Comme elle faisait mal et comme elle était douce en même temps, cette angoisse étrange !

Cependant Eudoxie Nicolaïevna s'était blottie dans un coin où son corps exigu semblait réduit encore par la terreur. Elle murmurait :

— Fedor Ivanitch, ne reste pas à la fenêtre, pour l'amour de Dieu. Une balle est vite entrée.

Mais il ne l'entendait pas. Ses yeux étaient très vagues, comme décolorés. Les coups de feu se précipitaient ; des cris montaient de la rue. Le sentiment imprévu qui bouleversait Zoubov s'amplifiait à chaque détonation, à chaque clameur. Un demi-sourire éclairait son visage jaune, découvrant des dents aiguës.

Eudoxie Nicolaïevna, sans savoir pourquoi, s'effraya davantage de ce sourire que de la bataille.

— Fedor Ivanitch, gémit-elle, qu'as-tu?

Il cria d'une voix brutale et passionnée qu'elle ne lui connaissait point:

— Tais-toi. Écoute.

Une troupe en déroute passait sous la fenêtre. On entendit un bruit d'armes, des imprécations, des plaintes. Puis des cris de triomphe, des injures qui clamaient la haine et la victoire. Et cela parut à Zoubov une merveilleuse musique dont il était seul à percevoir la mesure secrète et la sauvage mélodie.

De la sueur lui montait au front. Il étouffait. Eudoxie Nicolaïevna, le voyant tout à coup se diriger vers la porte, poussa un faible cri.

— Où vas-tu?

Il la regarda, surpris, comme si son existence venait de lui être seulement révélée. Et devant cette femme tremblante, sans chair ni sang, dont les paupières n'avaient plus de cils et sur les mains de qui l'émotion faisait saillir des petits veines brunes, Zoubov n'éprouva pas de pitié. Il se sentit étranger à elle et pour toujours.

— Où je vais? Dans la rue..., dit-il.

— Pourquoi? Mais pourquoi? cria-t-elle.

— Pourquoi? répéta Fedor Ivanitch.

Cette question, pour une seconde, fit revenir en son esprit la lucidité dont il avait été si fier. Oui, pourquoi descendait-il se mêler à la plèbe qu'il haïssait? Quelle ivresse l'emportait et que signifiait ce délire? Il hésita comme un homme ivre qui, dégrisé par un coup de vent, se voit au bord d'un abîme. Mais la rumeur de la ville en bataille s'enflait toujours et balayait en lui toute velléité de raison, tout effort de volonté.

Il ne répondit rien à sa femme qui, n'osant avancer vers lui, demeurait dans son coin, les mains tendues, et ouvrit violemment la porte comme s'il s'échappait. Elle entendit sur les premières marches de l'escalier le bruit de son pas claudicant qui se perdit bientôt dans le tumulte...

La rue qu'il habitait depuis six ans parut neuve à Zoubov. Il trouva un âpre charme au visage clos des maisons, aux trottoirs déserts. Tout était transformé en ce jour étrange, et l'air et le ciel et la clarté. Il avançait à l'aventure, plein d'un désir imprécis et menaçant. Il ne pensait ni aux insurgés ni à leurs adversaires. Les partis, les idées, les revendications, tout cela n'avait pas d'importance. Seules, comptaient cette atmosphère d'inquiétude, de lutte, cette rue où il marchait seul et la fantaisie sonore de la fusillade.

Il s'arrêta brusquement. Un grondement venait vers lui. Zoubov ne songea pas à fuir. L'événement prodigieux qu'il attendait était peut-être dans ce puissant murmure qui approchait. Bientôt il reconnut le bruit d'un moteur. Un camion passa devant lui à toute allure, puis un autre et d'autres encore.

Ils étaient chargés d'ouvriers armés. Les hommes étaient si nombreux sur les lourdes voitures que celles-ci disparaissaient sous leur sombre grouillement. Entassés près du chauffeur, sur la plate-forme, sur les garde-boue, assis, debout, couchés, serrés, pressés les uns sur les autres, ils allaient à travers *leur* ville.

Les fusils pointaient; des poitrines s'échappaient des chants violents et graves. On devinait que les ouvriers étaient en proie à l'ivresse de la force et de la liberté. D'avoir des armes entre leurs mains, ils se sentaient plus haut que les vieilles lois du vieux monde. Échappés pour quelques heures à toute règle, ils croyaient que leur existence entière allait être une suite de jours pareils à celui qu'ils vivaient et qu'ils seraient les maîtres toujours, partout, à condition de vouloir, de chanter et de tuer. Et un espoir messianique allumait leurs prunelles.

Zoubov les regardait, les écoutait, ayant perdu la notion de son existence. Il ne vivait que dans le son de ces voix rauques, dans la trépidation des camions, dans le souffle qui soulevait ces hommes sales, déguenillés et triomphants. Tout son passé terne, scrupuleux était aboli. Comme un camion plus énorme encore que les autres et plus retentissant passait, il sentit quelque chose se rompre en sa poitrine et qu'il était absorbé par une vague mugissante.

Et les ouvriers, cahotés sur cette voiture, virent, courant vers eux, un petit homme boiteux qui leur faisait des signes désespérés.

Le chauffeur ralentit; des bras musculeux happèrent Zoubov.

Il haleta:

— Emmenez-moi, camarades. Je suis des vôtres.

Un grand diable roux et borgne, le chef, lui demanda :

— Comment t'appelles-tu ?

Le professeur de géométrie Fedor Ivanitch Zoubov répondit sans hésiter :

— Fedka le Boiteux.

Le nom lui était venu d'instinct. Il fleurait l'auberge louche et la grand-route. Ses ancêtres tartares, en l'entendant, auraient souri comme des complices. Quand Zoubov l'eut crié, il sentit descendre sur lui une vaste joie, comme s'il était mort et ressuscité.

II

Toute la journée Zoubov roula par la ville. On lui avait donné un énorme revolver et bien qu'il ne sût pas s'en servir, il serrait sur la crosse ses doigts crispés avec un sentiment de faim assouvie. L'ardeur de ses nouveaux camarades le pénétrait si entièrement qu'il ne pouvait réfléchir. Sa pensée aussi bien que son corps était emportée avec le camion chargé de haine et de cris. Il aimait les yeux brûlants des ouvriers, leurs mains brutales, leur forte odeur et par-dessus tout leurs chants. Quand ils entonnaient un hymne menaçant mais majestueux comme un cantique, Zoubov se sentait plein d'une ivresse sacrée. Comme il ne savait pas les paroles de ces chants, il se bornait à soutenir leur mélodie et sa voix aiguë entrait tel un fil acéré dans le rude chœur de ses compagnons.

Il attendait impatiemment un combat, un choc, une impression plus violente que ce qu'il avait éprouvé jusque-là. Mais les troupes gouvernementales, démoralisées, se battaient mollement, préférant se réserver jusqu'à l'heure où la victoire se déciderait, pour passer au vainqueur. Ne trouvant pas d'aliment dans un accroissement indéfini d'émotions, l'exaltation de Zoubov commença à se dissiper. Lentement, il reprit possession de lui-même ; le besoin de logique revint en son esprit libéré et tandis que le camion roulait toujours dans un tintamarre de ferraille, le professeur s'interrogea.

Quel démon l'avait poussé au milieu de cette tourbe hurlante et quel signal avait-il donc entendu dans les coups de feu qui l'avaient réveillé ? Tout lui était-il inconnu dans la démence qui l'avait soulevé ou ne lui rappelait-elle aucun trouble qu'il eût déjà ressenti ? Fedor Ivanitch se souvint alors des quelques soirs d'orgie où un étranger monstrueux venait s'asseoir à ses côtés ; il se souvint surtout de l'émotion déréglée que faisaient naître chez lui les danses tumultueuses et les chansons tziganes, du délire, des impossibles et frénétiques désirs qui emplissaient alors sa poitrine à la crever.

Rapprochant de son enivrement actuel ces impressions anciennes, Zoubov pour la première fois, se comprit.

Le professeur méthodique, satisfait de sa médiocrité n'était qu'un masque. La vie qu'hier il menait n'était qu'une enveloppe blafarde dont il s'était dépouillé et qui gisait, loin déjà, dans le chemin de sa vie. Sous elle, tenu en bride, mais vivant, se recueillant, attendant l'heure propice, dormait son être véritable. Être trouble, violent, avide d'agir, de dominer, assoiffé d'aventure, de liberté et qu'avaient engendré en des siècles lointains les conquérants mongols dont les chevaux froissaient l'absinthe folle des steppes.

Déjà cet être parlait, exigeait, et Zoubov l'écoutait avec un ravissement grave. Les années perdues, il fallait les rattraper en forçant le rythme de son existence. Il fallait profiter des événements pour vivre avec une fièvre dévorante. Surtout il fallait être libre, car c'est le souffle de la liberté qu'il avait humé dans le sillage des camions et qui l'avait emporté.

— Tu as l'air triste, frère Fedka, dit un ouvrier. Est-ce que t'aurais peur ?

— Peur, peur ? répéta Zoubov comme s'il ne comprenait pas ce mot.

Il éclata d'un rire où il y avait tant d'égarement que l'ouvrier se rejeta en arrière.

Ce fut le dernier acte irréfléchi de Fedor Ivanitch. Sa froideur naturelle dirigeait déjà ses nouveaux appétits ; son cerveau lucide allait régler les mouvements désordonnés de son cœur.

Il se sentit rusé, fort, dangereux pour tous et, jetant un calme regard sur ses compagnons qui continuaient à chanter d'une voix déjà lasse, il les méprisa.

III

Par son sang-froid, son intelligence souple, sa cruauté, Fedor Ivanitch était devenu le commissaire Zoubov. La disette étant venue avec l'hiver on l'avait chargé de réquisitionner le blé au village de Nagoïé.

Malgré cette rapide ascension Zoubov était mécontent. La révolte n'avait pas tenu ses promesses d'indépendance sauvage. Au bout de quelques semaines, une rigoureuse discipline avait présidé au travail de chacun. Soumis en apparence, Fedor Ivanitch étouffait.

Sa mission même lui était odieuse. Et pourtant comme il l'eût aimée si elle était venue de sa volonté, comme il eût aimé à saisir un village, sentir des existences palpiter entre ses griffes, y être maître pour quelques jours. Mais y mener une troupe par ordre ne valait guère mieux que d'enseigner les mathématiques à des enfants.

C'est pourquoi dans le traîneau qui l'emportait à la tête d'une centaine de cavaliers, son visage ne reflétait que lassitude et dégoût.

Sur la plaine qui étincelait au soleil, le village se dessina. Les isbas s'égrenaient d'abord comme de petites bosses le long de la Volga gelée, puis se resserraient en troupeau sombre autour du clocher. À mesure qu'ils avançaient, les soldats apercevaient mieux les toits penchés que couvrait la neige, les fenêtres affaissées, la croix grandissante de l'église, et une vague émotion s'emparait de la plupart d'entre eux. C'étaient des gens de la campagne qui venaient d'humbles villages pareils à celui-ci. Sans s'en rendre compte, ils tirèrent sur la bride de leurs chevaux.

Zoubov devina ce flottement à peine indiqué et la résistance possible qu'il laissait prévoir secoua la torpeur où il était plongé. Il cria :

— En avant les enfants ! Un gobelet de vodka au premier qui m'apporte un sac de blé.

Son cocher cravacha l'attelage et le traîneau fila avec un sifflement sur la route. La troupe suivit au galop.

Quand ils arrivèrent sur la grand-place, ils n'y trouvèrent personne. Le froid et la crainte fermaient les portes. Le village semblait désert ; seule, la mince trame que tissaient les filets de fumée sur le ciel bleu avait quelque chose de vivant.

Zoubov descendit de sa voiture et, de la crosse de son kolt, heurta une porte. Une vieille femme vint ouvrir qui se mit à trembler devant ces hommes armés.

— Mène-moi chez le staroste, vieille, dit Zoubov.

Quand il fut devant lui, Fedor Ivanitch déclara sèchement :

— Je suis envoyé par le soviet de N... Voici mes papiers. Si tu sais lire tu y verras que je viens chercher tout le blé que vous avez par ici.

Le staroste regarda Zoubov et murmura, comme incrédule :

— C'est pas possible.

— Quoi ?
— C'est pas possible qu'on t'ait dit de nous affamer.
— Écoute, vieux, cria Zoubov. Il ne s'agit pas de discuter. Va dire au village qu'on prépare les sacs de réserve. Pour le chargement je verrai après.

Cependant la place s'animait. Voyant qu'il n'y avait pas de danger immédiat, des moujiks en touloupes et bonnets de fourrures, des femmes couvertes de longs fichus, des enfants aux cheveux de lin et d'orge pâle, sortaient peu à peu des isbas. Ils considéraient avec une curiosité méfiante la troupe qui avait mis pied à terre.

Une fille qui avait la gorge ronde et des yeux hardis, s'approchant d'un cavalier, demanda :
— Que venez-vous faire chez nous, frères ?
— On dit que vous avez du blé en trop, déclara l'autre en haussant les épaules.

Un camarade rectifia :
— Mais non, c'est des armes qu'on vient chercher, tête de benêt.
— Pas du tout, fit un troisième. Paraît que vous avez un pope qui veut que le tsar revienne et reprenne les terres.

Bientôt la conversation fut animée et cordiale. On riait, on plaisantait, on parlait récolte, bétail ; les soldats les plus hardis pinçaient les filles. Mais quelqu'un demanda :
— C'est votre chef, le boiteux qui cause avec le staroste ?

Personne ne répondit. Il semblait que les robustes soldats avaient honte d'avouer que ce petit homme infirme les commandait. Un silence se fit au milieu duquel on entendit clairement la voix aiguë de Zoubov.

— Puisque tu ne veux pas t'en charger, je le ferai. Et je te promets que le village ne t'en remerciera point.

Résolument, il marcha vers le groupe compact des moujiks qui lui ouvrit un passage, monta sur son traîneau et cria :

— Camarades paysans. Vos frères de la ville qui ont combattu pour gagner votre liberté ont faim. Ils m'ont envoyé vous demander du secours. Que chacun apporte son blé. Il sera payé en bons de fournitures sur les stocks de la ville.

Les moujiks se regardèrent. Depuis des mois tant d'hommes étaient venus tenir sur cette place tant de discours, les avaient saoulés de tant de promesses qu'il ne restait dans leurs têtes ni confiance ni colère. Ils avaient pillé les demeures seigneuriales de la région, ils s'étaient partagé les terres et pourtant leur vie demeurait la même, dure, pauvre et froide. Mais cette fois-ci il y avait dans les brefs propos du boiteux un son nouveau qui éveillait en eux une sourde inquiétude. Jusque-là on leur avait parlé avec des exhortations, des prières. Or ce petit homme ordonnait en maître.

Aucune voix ne s'élevait pour lui répondre, mais personne ne bougea. Zoubov attendit quelques instants. La résistance soulevait chez lui le désir et la volupté de vaincre. Ses sourcils se contractèrent sur des yeux qui devinrent étroits au point de ne faire qu'une fente brillante.

— Avez-vous compris ? dit-il. Apportez ici tout ce que vous avez de blé en réserve.

À ce commandement précis, un sourd murmure courut parmi les moujiks. Sur les faces massives on ne pouvait lire de révolte, mais les épaules se voûtaient, les bras pendaient vers le sol et tous les corps semblaient se ramasser, se rapprocher de la terre pour ne faire avec elle qu'une masse puissante.

Mais les femmes n'avaient point cette placidité presque inébranlable, des exclamations jaillirent de leur groupe.

— Ils veulent prendre notre pain.
— Malheur sur nous.
— Ils n'ont pas peur du Christ.

L'une d'elles, jeune encore, mais déjà toute brisée et creusée de rides, dit plaintivement, d'une voix haute et traînante :

— Dieu te garde boiteux. Tu veux donc affamer le village. J'ai cinq enfants à nourrir et le père n'est pas encore rentré de leurs guerres. Tu tueras les petits.

— Tais-toi ! cria Zoubov.

Puis s'adressant aux moujiks, il fit :

— C'est donc la coutume chez vous que les femmes parlent avant les hommes ?

Piqué par la raillerie, un jeune gars répondit, en se dandinant comme un ours sur ses jambes courtes :

— On les laisse parler quand elles ont raison.

Un murmure d'approbation agita les bouches jusque-là taciturnes.

— Justement parlé, Gricha.

— C'est pas aux boiteux de nous faire la loi.
— Qu'il s'en retourne chez lui.
— À la ville, les pillards.

Les poings se serraient, la haine avivait l'éclat des prunelles, les respirations plus rapides embuaient l'air glacé.

Zoubov examina ses hommes d'un œil aigu. À part une quinzaine d'ouvriers qu'il savait sûrs et quelques soldats de métier, tous avaient baissé la tête, tenant leurs fusils d'une main molle. Si la discussion se prolongeait, la troupe allait fléchir.

Il se tourna vers le traîneau qui suivait le sien et dans lequel fumaient Ivan et Kouzma, vieux métallurgistes, communistes éprouvés. Au signe de leur chef ils soulevèrent avec tranquillité une bâche qui couvrait la banquette de leur voiture et une mitrailleuse graissée, huilée, brillante, fixa sur la place sa petite gueule noire.

Stupide, n'osant pas comprendre, la foule regardait tandis que Zoubov commandait:
— Chacun à son isba. Je ferai la réquisition moi-même.

Bien que les moujiks fussent malhabiles à distinguer les nuances, ils sentirent au ton du boiteux qu'il fallait se soumettre. Mais la pensée de livrer le blé, semé, fauché, engrangé par leur peine, leurs sueurs, était si intolérable qu'ils piétinèrent sur place, sans bouger

Une colère pleine de secrète jouissance fit trembler Zoubov. Il cria:
— Tire, Kouzma.

L'ouvrier, sans se presser, posa le doigt sur la détente. Quelques crépitements... Un grand mouvement de panique balaya la place. Mais Kouzma, malgré son flegme et son mépris pour les moujiks, n'avait osé mitrailler cette chair, grouillant à quelques pas de lui. Il avait visé au-dessus des têtes.

Cette hésitation rendit furieux Zoubov. Il saisit son revolver et le déchargea sur les paysans éparpillés. Un homme gémit, le bras cassé; un autre se plia en deux, frappé à l'aine. Des cris montèrent. Ceux qui n'étaient pas touchés clamaient plus fort que les autres:

— Assassins! — Bandits! — Que le Seigneur vous écrase!

Les voix aiguës des femmes se lamentaient sur le mode éternel que répètent, depuis des siècles, les pleureuses.

Mais un hurlement de bête couvrit ce tumulte. Au milieu de la place se tordait un chien, atteint à mort. Et lorsque tous les moujiks se furent dispersés, il n'y eut devant la troupe de Zoubov qu'un pauvre basset aux pattes roidies qui laissait fuir de sa gueule sanglante ce qui lui restait de vie.

Alors le boiteux choisit parmi les gardes rouges ceux dont il doutait le plus et les emmena vers les chaumières, après avoir dit à Kouzma de façon à être entendu par tous:

— Au premier geste suspect, mitraillez.

La recherche fut méthodique. Les isbas étaient visitées l'une après l'autre. Comme l'on tardait à ouvrir, les soldats démolissaient les portes à coups de bottes, à coups de crosses, enlevaient le blé, l'entassaient sur la place.

Zoubov se tenait à l'entrée des chaumières et

ses yeux gardaient ses hommes dans une sorte de cruelle ardeur. Leur flamme fixe dissolvait la pitié que ces anciens paysans étaient capables d'éprouver pour des hommes dont ils comprenaient et la douleur et la révolte. Ils n'avaient plus qu'un désir : finir au plus vite cette odieuse besogne. Leurs gestes devenaient impatients, brutaux. Pour trouver une excuse à frapper ils cherchaient, provoquaient la résistance. Bientôt des jurons et des plaintes emplirent les isbas. Et Zoubov d'un mot, d'un signe, excitait l'instinct bestial si prompt à s'éveiller chez l'être simple, car il sentait qu'à chaque brutalité les soldats liaient davantage leur sort au sien.

Seul un homme résistait à cette rage artificielle et comme mécanique. C'était un tout jeune gars, Vassili, si bref de taille que ses camarades l'appelaient *le nain* et qui portait son fusil comme il aurait tenu une faux ou une fourche. Une douceur stupéfaite dormait dans ses orbites à peine creusées ; le bruit des coups et des gémissements le faisait grimacer. Zoubov avait beau le fouetter de railleries et d'insultes, il se bornait à courber l'échine avec résignation

Il y eut même un instant où le boiteux fut sur le point de l'abattre.

Ils venaient d'arriver devant une des plus pauvres isbas du village. La porte en était ouverte et sur le seuil se tenait la fille robuste qui, la première, avait interpellé les soldats sur la place. Les jambes écartées, le buste ramassé, comme élargi, elle barrait le passage. Sur sa figure éclataient une telle haine, un tel dégoût que les soldats s'arrêtèrent et que leur regard chercha celui de Zoubov.

La fille cria :

— Allons, braves guerriers, tapez sur moi. Car j'aime mieux brûler mon blé jusqu'au dernier grain que de vous le donner. Ah ! si les hommes ici étaient des hommes vous n'auriez pas eu gratis votre récolte.

Zoubov ne disait rien, amusé de l'incident. Il voulait voir comment se comporteraient ses soldats. Et puis, la fille lui plaisait avec le rayonnement mauvais de son visage, la palpitation lourde de sa gorge.

Les gardes rouges, avec répugnance, marchaient vers elle, quand Vassili se jeta devant eux, balbutiant d'une voix rauque :

— Frères, non... Frères, attendez...

Tous baissèrent la tête. Le boiteux sentit qu'il fallait agir. S'approchant de Vassili à le toucher, il dit :

— Écarte-la.

Mais l'autre, têtu, refusa d'un signe.

Zoubov levait déjà son revolver, lorsqu'un sourire plissa ses paupières, le sourire que personne ne pouvait supporter. D'un brusque coup de crosse à la nuque, il fit tomber la fille et ordonna :

— Liez-lui bras et jambes et jetez-la sur la place, avec les sacs.

Puis à Vassili :

— Retourne là-bas. J'aurai du travail pour toi.

Une heure après, la réquisition était terminée. Les réserves du village étaient vides. Dans les isbas, auprès des moujiks blessés, pleuraient les femmes.

Devant sa troupe réunie, Zoubov en quelques mots félicita les hommes qu'il avait emmenés et leur fit distribuer une ration d'eau-de-vie. Puis, montrant la fille ligotée, il dit, sans qu'un muscle bougeât dans sa face :

— Celle-ci a résisté à la volonté des prolétaires. Je décide qu'elle soit fouettée nue, devant tous.

Les soldats tressaillirent, la fille eut un soubresaut et Ivan lui-même, l'impassible mitrailleur, ne put s'empêcher de murmurer :

— Ah le diable! il sait comment nous prendre!

Zoubov se tourna vers Vassili qui paraissait plus petit, plus gris que jamais.

— Et c'est toi, camarade, qui vas la travailler. Compris?

L'autre ne répondit rien. On voyait seulement ses épaules se soulever comme s'il contenait un rire fou ou des sanglots.

Zoubov vint à lui et murmura si bas que l'homme fut seul à l'entendre :

— Sinon, je la fais fusiller à l'instant.

Ils restèrent face à face quelques secondes. Enfin les lèvres de Vassili remuèrent. Le boiteux se dirigea vers son traîneau, jeta au malheureux le fouet et ordonna à deux soldats :

— Déshabillez la fille.

Ils s'approchèrent d'elle qui avait les yeux fermés. Leurs mains tremblaient un peu. Mais dès qu'elles eurent senti le corps jeune sous les vêtements une fièvre s'empara d'eux. Ils rejetèrent le fichu qui l'enveloppait. La robe, déchirée, craqua. La révoltée n'eut plus sur elle qu'une rude chemise de chanvre.

— Enlevez tout, dit Zoubov. Si elle a froid, Vassili la réchauffera.

La fille était nue. Sur la neige son corps faisait une tache mate. Les pupilles dilatées des soldats fouillaient cette chair étalée, les seins magnifiques, le ventre bombé, la douce fuite des hanches. Vassili lui-même sentit se mêler à sa détresse quelque chose d'âpre qui avait le goût d'une gorgée de vodka mal distillée. Malgré le froid, des gouttes de sueur emperlaient son front et la fille qui le regardait avec un espoir suprême devina que son défenseur frapperait peut-être plus fort qu'un autre.

— Va, cria Zoubov.

Vassili se jeta sur elle, la retourna, leva son fouet avec une étrange plainte... Autour de lui, les hommes haletaient.

Zoubov aspirait cette atmosphère de sadisme, perdu dans une joie infinie. Cela, enfin, venait de sa volonté. Il était pour quelques heures le maître et de la mort et de la luxure.

Devant cette femme déchirée sur un ordre, devant ces soldats dont il avait éveillé tour à tour la brutalité et le rut morbide, il se connut tout entier.

Richesse, honneurs, vie même, rien ne comptait auprès de ce vertige, de cette plénitude d'enivrement. Et tandis que ses hommes, troupeau en démence, resserraient leur cercle autour de la chair martyrisée, il se mit à rêver.

Assis sur son traîneau, plus impassible qu'une idole cruelle, présidant à un supplice qu'il ne voyait plus, il se laissait agiter par d'impérieuses pensées.

Il vivait une minute splendide, mais qui, au fond, était le résultat d'une emprise étrangère. Rouage de l'immense machine que contrôlait Moscou, jamais il ne se débarrasserait de sa contrainte. Où donc était la liberté sans frein que saoulait la course folle des camions à travers sa ville ? Tout se régularisait. Les instincts superbes étaient réprimés impitoyablement. Pour peu que le régime durât il deviendrait fonctionnaire, comme avant.

Le supplice commençait à tirer de la fille obstinée des gémissements auxquels se mêlaient les ricanements insensés des soldats.

Le boiteux n'entendait rien. Immobile, il continuait sa méditation.

— Ainsi, pensait-il, s'éteindrait la flamme que les premiers coups de feu de la guerre civile ont allumée en moi ?

Au raidissement de tout son corps, il comprit que jamais il n'accepterait cette servitude. Et une vérité s'imposa à lui, si précise et si grave qu'il ferma les yeux pour mieux entendre la voix de son être secret.

Il ne fallait plus désormais qu'il eût d'autre maître que lui-même. Il fallait rompre avec les trompeurs qui cherchaient à faire plier les chefs aussi bien que la plèbe sous la même règle de fer. Il devait à cette volonté anonyme opposer la sienne, anarchique, insurgée, dévastatrice.

Ainsi conclut Zoubov et l'instinct alors parla en lui, l'ardeur mystérieuse, qui domptée à l'ordinaire par l'intelligence, éclatait parfois en un flux souverain, dictait les gestes les plus audacieux, les paroles les plus inspirées et qui servait ses désirs mieux que toute manœuvre combinée.

Comme un dormeur ouvrant les yeux, il aperçut soudain la scène qui se déroulait : le corps de la fille qui se tordait sur le sol, les soldats possédés, Vassili au visage de fou.

— Assez, cria le boiteux d'une voix stridente. Tu veux donc la tuer, malheureux !

Comme l'homme s'arrêtait, hébété, Zoubov se pencha sur la fille, coupa ses liens, la releva, couvrit d'un fichu sa nudité, puis ordonna :

— Qu'on appelle ici tout le village.

La place fut vite emplie de moujiks taciturnes, rassemblés là par les baïonnettes et qui montraient sur leurs faces l'attente d'un nouveau malheur. Zoubov était remonté sur son traîneau.

Une émotion contenue faisait battre ses cils ; ses lèvres pâlies marquaient d'un trait serré son visage. Dans ses yeux brillaient la décision du chef, la volupté du joueur, l'appel de l'homme qui risque sa vie. Quand sa voix s'éleva, elle n'était plus métallique, mais ardente de passion, de prière et de crainte voilée.

— Frères, dit-il, je viens vous faire une grande confession. Vous me jugerez après, car je me livre à vous. Je vous suis apparu comme un voleur et un bourreau. Je l'ai été, je l'avoue. Mais, sachez-le, je n'ai agi que forcé. Quand vous poussez votre cheval dans le harnais, il marche. Ainsi de moi. Là-bas, dans la ville, on m'a ordonné de prendre votre blé, de tuer ceux qui ne se laisseraient point faire.

« J'ai essayé. Mais ma conscience parle trop fort, je n'ai plus le courage.

« Et vous, mes gars, mes soldats, vous qui êtes des moujiks comme ceux-ci, n'est-ce pas que vous avez honte ? N'est-ce pas que vous avez eu mal en arrachant ce blé et qu'il serait trop lourd pour vous à emporter et que vous m'approuvez de le rendre au village.

« Tenez, frères, reprenez votre bien en me pardonnant d'avoir osé y toucher ! »

Un murmure d'étonnement courut dans la foule. Les têtes se relevèrent méfiantes encore, mais attentives et émues. Les soldats aussi écoutaient passionnément. Lorsque le supplice avait pris fin ils avaient soudain senti leurs têtes lourdes, leurs jambes molles. Ils éprouvaient un dégoût pareil à celui qui suit une débauche et cette tristesse qui s'insinue toujours dans la chair fatiguée. Dans ce désarroi fait d'un obscur remords les paroles de Zoubov trouvaient un terrain fécond.

Il poursuivait, sans comprendre parfois ce qu'il disait, sincère à force d'exaltation artificielle, livré à son démon intérieur et s'arrêtant souvent comme pour l'écouter. Démon, qui, nourri des vieilles traditions slaves, de l'apport de générations mortes, du souvenir des héros populaires, surexcité par le danger, la joie de pétrir à son gré les âmes, — trouvait les mots qui remuent, soulèvent, fanatisent.

— Mon cœur saigne pour vous, frères. Je suis à votre merci, tuez-moi si vous voulez, mais écoutez-moi d'abord. On trame votre perte dans les villes. On veut que tout votre bien passe aux ouvriers. Attention. Si vous ne résistez pas, bientôt ce ne seront plus quelques soldats qui viendront, mais des régiments entiers. On rasera vos villages, on vous forcera de cultiver la terre pour les ouvriers fainéants ou encore l'on vous mènera à la guerre, à l'abattoir. Vous laisserez-vous faire ?

Des cris spontanés lui répondirent :

— Jamais, par Jésus-Christ Sauveur !

— Défends-nous, petit père !

— À mort la ville !

Zoubov trembla de joie et d'orgueil. Ainsi soutenue, son éloquence se fit plus pressante.

— Ils veulent la fin de la sainte Russie, cria-t-il. Ils dépouillent le moujik, ils tuent les popes, ils souillent les églises. Et savez-vous qui mène la danse ? Des étrangers, des Juifs crochus, des circoncis.

Une vaste clameur montra au boiteux qu'il avait frappé juste en désignant le bouc émissaire traditionnel. Il hurla :

— Allons les gars, prouvez que vous n'êtes pas des femmes pleurnichardes. Levez-vous, les campagnes suivront. Prenez fourches, faux, haches, épieux et venez avec moi.

Déjà les moujiks s'étaient mêlés aux soldats, formaient avec eux une masse frémissante, soumise à l'éternelle force de la crainte et de la haine.

Il y avait pourtant deux hommes que le discours de Zoubov avait frappés de stupeur et d'indignation : Ivan et Kouzma, les communistes mitrailleurs. Le dernier, emporté par l'habitude des meetings, osa crier :

— Eh, mais c'est de la trahison, camarade !

Le boiteux considéra ceux qui furent ses fidèles et clama :

— Tenez, regardez-les. Ils voudraient continuer à s'engraisser de vous. Je vous les donne.

Ce fut une fureur d'élément. Toute la rage des moujiks battus, toute la crainte haineuse qu'inspiraient les mitrailleurs à leurs camarades, se déchaînèrent. La foule ne fut plus qu'une bête démente aux mille tentacules triturant deux formes vagues. Poings noueux, bottes ferrées, crosses lourdes s'abattirent sur eux. Ils furent étouffés, piétinés, écartelés. Quand il vit la foule s'acharner sur les corps qui déjà étaient des cadavres, Zoubov fut sûr enfin qu'elle était à lui.

Il parla encore, sur un rythme d'allégresse, et il avait l'impression de tomber, de tomber sans fin dans un abîme, voluptueusement.

IV

La Russie est la terre de l'illimité. Ses plaines n'ont que le ciel pour bornes, ses forêts, la hache les a entamées à peine, ses fleuves géants, à la crue des eaux, s'étalent comme des bras de mer. Ses chansons, dont la joie a des accents de folie et dont la mélancolie touche aux termes de la tristesse humaine portent la marque d'un esprit tendu vers l'infini, vers l'inaccessible domaine de l'assouvissement complet.

De tout temps, cet esprit a rendu la contrainte insupportable aux hommes forts. Ils s'en allaient dans les bois, le long des fleuves et poussaient leur cri de révolte. Certains menacèrent le trône des tsars, d'autres conquirent d'immenses territoires. Poètes à leur manière plus encore que bandits, ils inscrivirent leurs chants sur les décombres calcinés et dans le sang des hommes.

Fedka le Boiteux renoua la vieille tradition. Il vécut sa vie, la vraie, à laquelle il s'était senti naître aux premiers coups de feu qui avaient déchiré les rues si paisibles de sa ville. Quand, du village de Nagoïé, il emmena sa petite troupe de soldats et de paysans, il lui sembla qu'un grand coup d'aile l'emportait. Désormais il marchait sous l'étendard de l'aventure et de la mort. Sur son visage tartare une sérénité terrible se posa.

Le repos lui devint insupportable. Une fièvre d'activité le dévorait. Différent en ceci des grands bandits du passé, il ne savait pas mêler la débauche au massacre, ni oublier dans le vin ou sur le sein des femmes les cris des victimes. Fedka le Boiteux avait gardé la froideur et la lucidité du professeur Zoubov.

Mais pour le reste il était devenu un être neuf. Sur ses joues glabres jusque-là, une barbe rude et courte avait poussé. Il couvrait son crâne rasé d'un bonnet de fourrure, son torse étroit d'une vareuse cosaque. Il aimait à passer doucement la main sur les armes qui pendaient à sa ceinture, comme si cette caresse furtive le liait à elles, transvasait en lui quelque chose de leur précision, de leur sévérité.

Un instinct sûr lui avait dicté de se vêtir ainsi, comme d'exagérer son boitillement. Il sentait que son infirmité lui donnait, aux yeux de ses hommes, une étrange supériorité, que dans l'imagination des masses paysannes, elle lui conférait une manière de surnaturel prestige, une essence diabolique qui les effrayait et les rassurait en même temps sur sa chance.

Le même instinct, venant d'un obscur atavisme, lui enseigna la valeur des brusques attaques, la fuite imprévue, et, à l'heure propice, la dispersion ou le rassemblement de ses forces. Il eut d'intuition le coup d'œil, la hardiesse, la ruse patiente qui font les grands chefs de bande et qui, d'ordinaire, ne s'apprennent que dans une longue pratique de l'embuscade et de la grande route.

Sa renommée grandit vite. De tous côtés, vagabonds, déserteurs, cosaques insoumis, forçats libérés vinrent à ce petit homme qui avait dans les yeux un songe cruel. Il faisait parmi eux un triage attentif, préférant aux simples pillards ceux qui lui ressemblaient, cherchant dans l'émeute moins un moyen qu'une fin.

Lorsqu'il eut formé ainsi une meute intrépide et insatiable, lorsqu'il eut volé pour elle les chevaux nécessaires, qu'il se fut ménagé dans les villages amis des lieux de retraite et d'approvisionnement, Fedka le Boiteux commença son épopée. Les détachements rouges furent surpris, massacrés. Les dépôts flambèrent. Les convois voyaient surgir d'un bois, d'une haie, d'un hameau abandonné, des cavaliers farouches qui chargeaient avec des clameurs, des sifflements, des huées. Les troupes envoyées contre eux, trompées par les moujiks, démoralisées par le renom du Boiteux, étaient enveloppées, dispersées, anéanties.

Bientôt Fedka attaqua les villes. Il y entrait, déguisé, avec quelques hommes. Ses espions le menaient aux arsenaux, au domicile des commissaires. Il tuait, pillait, dévastait, livrait l'argent, l'alcool, les femmes à ses gars, enlevait les mitrailleuses, les canons et s'envolait au moment précis où les rouges arrivaient en force. Quelques jours après, la fête recommençait ailleurs.

Il la présidait, sans y prendre part. Mais sa jouissance d'homme sobre et chaste était plus violente que celle de ses gaillards les plus déchaînés. Les plaintes des suppliciés, des femmes violées, le gémissement des maisons qui croulent, le crépitement des mitrailleuses, tissaient pour lui la plus suave des harmonies. Lorsque sur une place fumante, ses hommes gorgés de vin, de sang et de luxure, dansaient pour leur chef, il avait la poitrine pleine d'un bonheur désespéré. C'était la liberté, la vraie, la seule qui met un homme au-dessus de tout.

Et quand, dans la steppe, il voyait le vent ployer les herbes hautes il se mettait à le chérir comme un frère.

À mesure qu'augmentait sa puissance, sa cruauté devenait plus exigeante. Il éprouvait le besoin de venger sur tous les années où son horizon était borné à la correction de devoirs imbéciles, à l'attente d'une retraite. Il lui fallait des férocités nouvelles et des raffinements inconnus. Les amusements ordinaires de ses hommes, empalements, crucifixions, lui paraissaient fades. Il leur préférait les tortures morales...

Ayant fait une fois dans un grand combat trois

cents prisonniers, il les parqua dans un champ et leur dit :

— Vous êtes trop. La nuit tombe. Demain matin je veux trouver cinquante hommes en tout sur cette place. Sinon je vous fais griller jusqu'au dernier. Arrangez cela entre vous.

Et jusqu'à l'aube il resta couché près des malheureux, sous le calme regard des étoiles, à écouter... Ce fut une belle veillée... Le lendemain il ne restait que cinquante prisonniers...

Parfois il montrait une générosité subtile. Un jour, il prit un gros détachement. Il s'y trouvait trente marins de la Baltique, tous blessés, gaillards splendides, dont les nuques jaillissaient du col ouvert comme de belles tiges pleines de sève. C'était un groupe d'élite.

Le soir même, Zoubov étant pressé, les captifs furent rangés devant les mitrailleuses. Beaucoup de gardes rouges, jeunes garçons ahuris, pleuraient. La boucherie allait commencer, lorsque l'un des matelots interpella Zoubov.

— Hé, boiteux, veux-tu nous faire une grâce dernière ?

— Parle, fit Zoubov, à qui le gars plaisait.

— Mets-nous à part, nous de la Baltique. Ça nous dégoûte de mourir à côté de ces fils de chiennes qui ne savent pas se laisser fusiller.

— Bien dit, camarade, cria Zoubov. Tu as sauvé ta vie et celle des tiens par cette parole. Vous êtes libres.

Les trente marins sortirent des rangs, assistèrent, hautains, au massacre, tinrent conseil et passèrent au boiteux. Il n'eut pas de partisans plus fidèles.

Le chant de Fedka

L'aventure lui apprit la force du geste théâtral. Il se prit à aimer le faste. Il attela la voiture ou le traîneau dans lequel il menait ses hommes au combat, d'une troïka[1] ailée. Des tapis éclatants, des étoffes précieuses, trouvées dans les pillages, les ornèrent. Ses armes étaient magnifiques, ses doigts chargés de bagues. Il entrait dans les villages entouré d'une escorte somptueusement vêtue. Après que les moujiks lui avaient offert le pain et le sel sur la grand-place, il les haranguait. Son éloquence, qu'il rendait à dessein triviale, les remuait de colère et d'espoir. Il leur distribuait de l'argent, des dépouilles et souvent, comme faisaient les tsars du Kremlin, il enlevait de son épaule une pelisse pour la donner à quelque moujik.

Et la gloire de Fedka le Boiteux courut au loin dans les villages. La Volga semblait la porter sur ses vagues lentes.

Jusqu'aux bords de la Caspienne les moujiks pressurés par les rouges disaient tout bas, en serrant les poings :

— Attendez, maudits, le Boiteux nous vengera.

Il eut sa légende, ses chanteurs, ses prophètes. L'écoutant sur la bouche des hommes, la humant dans l'air des steppes, Fedka le Boiteux connut pendant des mois une ivresse surhumaine.

Cette gloire lui devait être fatale. Les rouges pouvaient négliger un bandit de haute envergure, mais non un homme qui fanatisait une immense région. Honneur suprême, une armée fut mobili-

---

[1]. Trois chevaux.

sée contre le Boiteux. Il y eut encore de belles heures, des trouées, des évasions inespérées, des embuscades où l'ancien professeur donna sa mesure de bandit insaisissable. Mais peu à peu ses troupes fondirent, les moujiks eurent peur de le soutenir. Celui qui avait été le maître des campagnes devint un proscrit qui, à la tête d'une poignée d'hommes, confiait sa vie à la loyauté d'un paysan, à la rapidité d'un cheval.

V

Le soir d'été tombait sur le village où Fedka le Boiteux s'était réfugié pour la nuit. Une fois encore, il avait réussi à percer les troupes ennemies, mais il les sentait proches et prêtes à se lancer sur sa piste encore chaude dès que le matin viendrait. Il n'avait plus que dix hommes qui n'étaient ni les plus fidèles, ni les plus braves, mais simplement ceux que les balles avaient épargnés. Plusieurs portaient de grossiers bandages, gluants de sang caillé. Leur chef lui-même avait le front enveloppé d'un linge gris roulé en forme de turban.

Ils étaient seuls dans le hameau, car les combats qui s'y étaient livrés en avaient chassé les habitants. Rares étaient les isbas que le feu avait laissées debout. Une épaisse poussière se mêlait à la cendre des chaumes. Dans l'ombre qui lentement les habillait, les murs prenaient un aspect irréel.

Le chant de Fedka

Les hommes de Fedka avaient choisi pour dormir une grange intacte entourée de foin odorant qui n'avait pas été rentré. Quant au Boiteux il avait préféré s'étendre sur une botte de paille, non loin d'eux. Il savait qu'il aurait mieux valu rester avec les survivants de sa troupe pour entretenir leur courage et les défendre contre les craintes que souffle le visage trouble de la nuit. Mais la tension des journées précédentes, le sang perdu et la beauté calme du soir le détournaient invinciblement de tout effort. Il sentait le besoin du repos et du rêve.

La fièvre qui venait de sa blessure lui était douce, car elle alanguissait le corps, faisait battre légèrement ses tempes, donnait au cerveau une puissance amplifiée de songe. Il resta longuement, les yeux clos, les bras repliés sous la tête. Une brise lasse apportait à ses lèvres la fraîcheur de la Volga. Des grillons vibraient ; le fleuve roulait tout près sa plainte immense.

Pour la première fois Zoubov sentit la mélancolie sourdre en ses nerfs épuisés. Ce n'était point de la lâcheté, pas même du découragement, mais une aptitude à voir de plus haut les choses. Il eut conscience de sa défaite et le sentiment que son aventure était terminée. Cependant il n'en éprouvait ni tristesse, ni regret. Il avait accompli la destinée pour laquelle l'avaient pétri de sauvages ancêtres et l'âme inquiète de la terre russe.

Un orgueil calme le pénétrait même lorsqu'il pensait à ses exploits. Leur fin ne l'intéressait point. Son souvenir, incrusté dans la mémoire des hommes, plus puissant que lui-même, hanterait les esprits libres.

Un vent chaud et fort s'était levé qui venait de l'est, des steppes de l'Oural, des déserts kirghizes, des hauts plateaux mongols. Les vagues du fleuve poussaient une lamentation plus profonde. Rongé par une fièvre accrue, Fedka le Boiteux se dressa à demi, fixa ses yeux brûlants sur les vagues qu'il ne voyait point, et saisi par un délire sacré parla :

« Ô Volga, que notre peuple appelle mère, qui arraches le limon de la plaine russe pour l'entraîner vers l'Asie ardente, n'est-ce pas que j'ai eu raison ?

« Toi qu'écumèrent les canots de Stenka Razine et qui reçus de lui une princesse persane comme suprême cadeau, n'est-ce pas qu'il vaut mieux mourir en loup maigre qu'en chien gras ?

« Maintenant tu roules librement au milieu des espaces nus. Le gel arrête ta course, mais alors tu te recueilles sous sa cuirasse éclatante, tu forges patiemment ta revanche et quand sonne ton heure, tu brises l'étreinte, submerges les ponts, emportes les rivages et tu deviens vaste comme la mer.

« C'est la leçon que tu donnes aux hommes. Ceux même qui ne la comprennent pas, les pauvres brutes, qui de leurs épaules déchirées halent les péniches sur tes ondes, te composent les chants les plus beaux de la terre.

« Volga, mère Volga, tu es la révoltée éternelle. Les vagabonds qui, depuis des siècles, errent sur tes bords t'ont confié leurs malédictions et leurs espoirs sauvages. Tu les as pieusement recueillis et tu les répètes la nuit à qui les sait entendre.

« Les bandits, les bagnards et les libres cosaques t'ont gorgée de leur amour. Et Fedka le Boiteux dont le nom faisait trembler les hommes et taire les enfants, t'apporte son dernier salut.

« Merci, Volga, pour avoir trempé d'acier ma poitrine. Merci de bercer ma fièvre d'agonie. Merci pour la vengeance que tu me promets.

« Le Boiteux va mourir. Qu'importe! Qu'on le brûle, qu'on l'écartèle ou qu'on le crucifie, tu restes, toi, l'insatiable et la douce maîtresse. Il n'y a ni digues, ni gibets à ta mesure.

« Tant que tu étincelleras sous le soleil d'août, tant que tu mugiras à l'éveil du printemps, des hommes indomptables se lèveront de tes rives. C'est la moisson haute et rouge que tu donnes, Volga, la moisson des insurgés éternels. Le sang qui abreuvera ton sol, les flammes qui rougiront tes vagues répondront au supplice de Fedka le Boiteux.

« Chante, fleuve souverain, chante pour moi seul ton chant de détresse et de guerre. »

Épuisé, le Boiteux retomba sur le sol. De lentes minutes glissèrent dans le silence. Mais une porte grinça et de la grange qu'occupaient les hommes une ombre sortit. À voix basse, elle appela :

— Tu dors, chef!
— Non, dit Fedka. Que veux-tu?
— Rien, balbutia l'homme. C'était pour savoir. Rapport à ta blessure...

Il disparut. Mais il y avait eu dans sa voix une gêne qui troubla Zoubov. Cela suffit à éveiller son flair de bandit traqué. Il se dressa prêt à la défense, attendit patiemment, s'approcha, sans bruit, de la grange.

La porte en était fermée, mais à travers les

planches disjointes un chuchotement distinct arrivait de l'obscurité. Le Boiteux écouta.

Une voix qu'il reconnut pour celle de Sachka le Noir, un ancien forçat, disait:

— Qu'on en finisse. Ligotons-le tout de suite.

— Mais je te dis qu'il ne dort pas, répliqua l'homme qui avait interpellé Fedka. Attendons encore. On risque gros avec ce démon, tant qu'il est éveillé.

Une longue discussion s'engagea qui découvrit à Zoubov que, désespérés, ses hommes étaient tous d'accord pour le livrer aux rouges, comptant ainsi sauver leurs têtes. Quelques impatients voulaient l'attaquer sur-le-champ, le plus grand nombre, effrayé par la réputation diabolique du Boiteux, préférait attendre qu'il s'endormît. Les modérés l'emportèrent.

Fedka ricana silencieusement. Ce n'étaient pas ces esclaves qui triompheraient de lui. Avec fièvre il se mit à l'ouvrage. Le vent qui n'était pas tombé, couvrait tout bruit. Bientôt la grange entière fut tapissée de hautes brassées de paille et de foin sec. Zoubov, haletant, en fit le tour, s'assura qu'il n'y avait pas d'issue, qu'il n'avait commis aucune négligence.

Alors, il se pencha vers la botte de paille sur laquelle il avait rêvé tout haut, l'alluma et jeta ce brûlot crépitant sur la porte Il y eut un long frémissement soyeux et une flamme épaisse, riche, vivante. Les murs craquèrent sous son baiser, mais pas assez fort pour étouffer d'horribles hurlements...

Éclairé par elle, Fedka le Boiteux, coiffé d'un

turban sale et pourpre, jouissait avidement de son suprême exploit. Lorsque les dernières langues de feu grésillèrent dans le silence au ras du sol, que l'odeur de chair brûlée eut rempli ses narines, il arracha le pansement qui lui couvrait le front et se coucha.

À l'aube, les cavaliers lancés à sa recherche le trouvèrent agonisant.

Le soleil se levait, rouge, sur la steppe.

La poupée

I

Lénotchka qui lisait dans un volume dépareillé de **Mark** Twain les aventures de Tom Sawyer, éclata soudain d'un rire frais. Mais aussitôt elle se retourna peureusement comme si elle avait commis une faute. L'austérité de la vieille maison, le grand cabinet dénudé, les hautes fenêtres sans rideaux, par où le soleil soufflait son haleine ardente, rappelèrent à la petite fille que le rire était interdit. Elle crut entendre la voix morose d'Ivan Mikhaïlovitch, son père, qui disait :

— Ne fais pas tant de bruit, Léna, les jours ne sont pas à la joie maintenant.

Les lèvres de l'enfant se plissèrent en une moue triste. Elle haussa les épaules d'un mouvement qui dessina leur forme légère sous la robe de batiste et reprit sa lecture.

C'était la torpeur d'un après-midi d'été au Turkestan russe. La ville de Tachkent dormait sous la brûlure du ciel. Une respiration enflammée montait de la rue où la poussière s'accumulait par bancs épais et mous. Des chameaux aux yeux mélancoliques tirés par des Sarthes venus des steppes passaient lentement devant les églises orthodoxes dont les dômes étaient des foyers de lumière incandescente et devant les mosquées dont les minarets, comme des doigts divins, montraient le ciel aux fidèles.

Une grosse mouche éparpillait dans la chambre son bourdonnement ivre, si bien qu'elle semblait être partout en même temps. Lénotchka se mit à suivre son vol. Petite tache brune et resplendissante à la fois, la mouche s'élançait vers le plafond, passait comme une balle près des oreilles de l'enfant, se cognait aux murs, rebondissait dans un tournoiement sonore. On eût dit un étrange joyau, une parcelle de soleil et de terre mêlés, une goutte folle de joie, dans la pièce morne.

La chanson métallique de l'insecte versait dans le corps de la petite fille un engourdissement léger. Elle ferma les yeux et, sans un mouvement, molle de chaleur, ses cheveux courts ombrageant son front, elle envia confusément le sort de la mouche.

« — Tu es gaie, toi, pensa-t-elle, tu peux faire ce que tu veux. Tu n'as pas besoin de porter des seaux d'eau du puits à la maison matin et soir. Tu manges facilement, tu ne vas pas à l'école. »

Et, peu à peu, Lénotchka s'imaginait qu'elle était aussi libre et aérienne, que les travaux quotidiens du ménage n'existaient plus, qu'elle n'avait qu'à voleter, entrer dans les maisons, en ressortir, et chanter au soleil.

Des pas traînants qui s'approchaient de la porte et une toux basse interrompirent ce rêve. Elle se leva juste au moment où un grand corps maigre, légèrement voûté, apparaissait au seuil de la chambre. C'était son père. Deux grands plis encadraient sa bouche et donnaient aux lèvres une sorte de sensualité triste. Il avait un visage sévère, des yeux d'un bleu trop pâle qui semblaient aveugles sous la broussaille noire des sourcils. Une barbe courte cachait son menton. Dans tout son corps, il y avait de la finesse, mais quelque chose aussi d'instable, de mal construit, d'inadapté qui ne se pouvait définir et qui pourtant frappait. Il embrassa la petite fille sur le front. Celle-ci, sentant la moiteur qui imprégnait le visage de son père, recula.

— Vous êtes fatigué, papa? demanda-t-elle.

Ivan Mikhaïlovitch indiqua d'un geste combien la question était vaine et se laissa tomber dans le fauteuil. Il étira ses longues jambes, posa sur ses genoux ses maigres mains tremblantes tachées d'encre et, les lèvres entrouvertes, demeura immobile. Il avait l'air tellement harassé que la petite fille lui proposa:

— Voulez-vous de l'eau?

— Oui, donne.

Elle alla chercher dans la cuisine un verre qu'elle lui tendit. Ivan Mikhaïlovitch le porta avidement à sa bouche, mais après la première gorgée, il dit avec dégoût:

— Elle est tiède.

— Vous savez bien, papa, remarqua la petite avec un grand sérieux, qu'elle ne peut être autrement. On a vendu la glacière et la glace coûte des millions la livre.

Il eut un sourire navré et murmura:

— Tu as douze ans, n'est-ce pas, petite ?
— Mais oui, papa.
— Douze ans et tu sais tant de choses.

Une subite pitié l'émut, lui, qui, d'ordinaire, après son fastidieux travail au *Sovnarkhoz*[1] oubliait sa fille pour se perdre en de vagues souvenirs où défilait sa vie de gentilhomme riche, vie désœuvrée, falote, mais agréable en somme et que le bolchevisme avait anéantie.

— Viens sur mes genoux, ma chérie, dit-il, embrasse-moi.

Surprise de cette tendresse imprévue, Léna obéit timidement. Mais déjà Ivan Mikhaïlovitch se sentait gêné. Dans toute manifestation de sentiment il était arrêté par une étrange peur du ridicule, une honte vis-à-vis des gens et de lui-même qui créait autour de lui une atmosphère de malaise et d'ennui. Cette crainte devenue maladive depuis que sa femme l'avait abandonné, lui laissant Léna, alors âgée de deux ans, il l'éprouvait même devant sa fille. Il ne savait point lui parler — ses doigts étaient malhabiles à caresser l'enfant et il lui semblait toujours que ce qu'il lui disait sonnait faux.

Léna percevant d'instinct cette gêne, quitta les genoux de son père.

La détresse que faisait naître chaque jour en lui ses rapports avec sa fille saisit de nouveau Ivan Mikhaïlovitch. Il aurait voulu pénétrer dans l'âme de l'enfant, la conduire, la réchauffer, et tout ce désir, tout son amour, qui était sincère et grand, se résolvaient en phrases banales.

---

1. Administration soviétique.

La poupée 57

Une fois encore il pensa : « Il n'y a rien à faire, quelle misère ! »

Pourtant il essaya de réagir :

— As-tu été à l'école, aujourd'hui ?

Lénotchka répondit sans hésiter :

— Oui, toute la journée.

À la façon dont elle avait baissé le front, il comprit qu'elle mentait mais n'insista point. Une immense lassitude l'envahissait.

À quoi bon l'interroger ? À quoi bon se fâcher puisque jamais il n'avait pu être son ami et que maintenant, même matériellement, il ne pouvait rien pour elle ? Il regarda sa petite fille, cette petite fille qui était née de lui et qui était si lointaine. Devant ce corps alerte et fin, la bouche charnue qui semblait modelée sur la sienne propre, devant les yeux mordorés, profonds, ardents, mobiles, Ivan Mikhaïlovitch eut envie de pleurer de mélancolie et d'inquiétude. Il sentait que des rêves dangereux passaient sous ce front lisse et que des appétits précoces tourmentaient ce cœur qu'il ne connaissait point.

Il aurait voulu soupirer, mais il ne savait pas. Un bruit bizarre qui ressemblait à un raclement sortit de sa gorge et ce fut tout.

Cependant, l'enfant tirait vers le milieu de la pièce une table de bois blanc, disposait dans une assiette ébréchée quelques concombres. Ivan Mikhaïlovitch sortit de la poche de son veston un morceau de pain brun et dur d'où pointaient des brins de paille. Lénotchka leva les yeux vers son père et dans leurs larges prunelles il crut lire un reproche.

— C'est tout ce que j'ai pu avoir après une heure de queue, dit-il, comme pour s'excuser. La ration d'hier.

Elle ne répondit point et ils s'attablèrent. Ils mangeaient rapidement, en silence. La chaleur était si lourde que l'effort qu'ils faisaient pour broyer leur pain les couvrait de sueur. Quand ils eurent avalé la dernière miette, la dernière épluchure, ils sentirent la faim aussi tenace qu'avant dans leurs estomacs inassouvis.

— Je vais laver la vaisselle, fit Léna. Elle est sale depuis trois jours.

Dans la cuisine elle se mit à l'ouvrage. Rien ne lui répugnait autant que cette besogne. Elle aimait naturellement les choses propres, fines, brillantes, et son cœur se crispait de regret lorsqu'elle songeait aux jours d'abondance où elle avait vécu, gâtée par des gouvernantes que personne ne surveillait, avec un père qu'elle ne voyait jamais et qui rachetait son absence par des cadeaux. Mais elle sentait que sa vie ne pouvait se borner aux assiettes sales et aux repas sans joie. Elle savait qu'un événement magique viendrait la libérer, et de toutes ses fibres, de tout son jeune désir, elle l'attendait...

Elle n'avait pas encore terminé son ouvrage que dans la chambre voisine retentit une exclamation de son père.

— Tiens ! Philippe Adrianovitch, par quel hasard te voit-on ?

Lénotchka se lava soigneusement les mains et courut dans la grande pièce. Elle adorait Philippe, l'ami de son père, un vieil homme mince, glabre et net, toujours joyeux, bien vêtu, avec des bonbons dans ses poches, le seul de ceux qu'elle connaissait qui n'eût pas changé dans ces maudites dernières années.

C'est que Philippe Adrianovitch, bien que de naissance noble et pourvu d'une grande fortune, avait dans l'esprit une souplesse asiatique qui lui permettait, sans perdre sa nonchalance hautaine, de s'adapter à toutes les circonstances. Comme il s'était ménagé des amis dans les partis les plus avancés, la révolution le surprit sans le désemparer. Il put grâce à eux sauver quelques débris de ses biens et il s'ingéniait à les faire prospérer par une activité mystérieuse.

Ivan Mikhaïlovitch disait souvent de lui, avec une envie secrète, mais non sans admiration :

— Il finira dans les caveaux de la Tchéka, comme spéculateur, mais il vit bien en attendant.

En voyant entrer la petite fille, Philippe Adrianovitch eut un sourire qui fixa étrangement sa bouche mince.

— Bonsoir, ma jolie Léna, tu permets que je t'embrasse ?

Il employait avec elle des formules galantes qui troublaient l'enfant. Elle tendit son front au vieil homme et, jouant légèrement avec les fins cheveux, il y posa ses lèvres.

Puis il dit gaiement à Ivan Mikhaïlovitch :

— Eh bien, Vania, comment vont tes affaires ?

— Je voudrais bien savoir ce que tu appelles mes affaires. Je continue à noircir du papier et à crever de faim. Voilà tout. D'ailleurs on s'y fait.

— Allons, ne prends pas cet air fatal. Tout s'arrangera, cher, tout s'arrangera. Te faut-il un peu d'argent ?

— Je veux bien, fit Ivan Mikhaïlovitch, sans que sa voix laissât deviner empressement ou gêne. Tu es donc riche ?

— Je viens de réussir une petite spéculation. Une cigarette ?

— Donne, dit Ivan Mikhaïlovitch, tendant la main avec avidité. Je n'ai pas fumé depuis deux jours.

Ses doigts tremblaient lorsque son ami lui tendit l'étui et les premières bouffées lui furent voluptueuses jusqu'à la souffrance

— Et toi, Léna ? aussi une cigarette ? demanda Philippe Adrianovitch.

— Oh, que vous êtes gentil, oncle Philippe, s'écria la petite fille. Papa, vous n'avez rien contre ?

Ivan Mikhaïlovitch haussa les épaules.

— Puisque c'est cela qu'on vous apprend à l'école, maintenant, tu peux. Seulement, ajouta-t-il de son ton nonchalant, Philippe, tu as tort de la débaucher. Tu as tort moralement s'entend, car pour le résultat, ce n'est pas ta cigarette qui lui fera du mal.

Fatigué par celte longue phrase, il s'approcha de la fenêtre. Le soir commençait à couvrir la ville. Il ferma les yeux pour mieux savourer le plaisir de fumer.

Cependant, Philippe Adrianovitch s'entretenait avec Lénotchka. Lui savait parler à la petite fille ; il parlait même trop bien, avec une voix trop douce, un regard trop voilé, des gestes trop contenus. Cela était désagréable à Ivan Mikhaïlovitch comme une fausse note et amenait sur son visage une grimace hautaine. Mais qu'y pouvait-il?

Et lorsque son ami lui demanda:

— Tu permets que je prenne Léna pour lui faire faire un tour en voiture?

Que pouvait-il répondre d'autre que:

— Naturellement. Ça la distraira.

Puis, comme s'il se ravisait, il ajouta:

— Dis donc, Philippe Adrianovitch, pourrais-tu me laisser quelques cigarettes?

La petite fille et le vieil homme sortirent. La nuit était tombée, rapide; le ciel était déjà constellé. Ils marchèrent d'abord en silence, respirant avec délices l'air plus frais qui coulait comme une onde dans leurs poitrines. Une voiture passa, Philippe Adrianovitch dit au cocher:

— Mène-nous où tu voudras et ne t'inquiète pas du prix.

Ils roulèrent à travers la ville. Les minarets étaient des ombres d'un gris léger sous le regard éclatant des étoiles. Le clair de lune enduisait d'une patine d'argent les feuilles des vergers et des jardins, des ruisselets presque desséchés luisaient faiblement au milieu des rues. L'ardeur sèche des nuits orientales pénétrait le corps de la petite fille. À travers sa robe légère, elle en sentait la douceur rugueuse qui la contractait dans un trouble inconscient mais si fort qu'il l'empêchait de se livrer à la joie inattendue de la promenade.

Philippe Adrianovitch avait posé une main sur son épaule, la caressait longuement. Parfois un doigt glissait sur la peau nue de son cou. Alors

Léna fermait les yeux, avec une étrange envie de rire et de pleurer à la fois. Tout à coup il lui demanda :

— Ma petite fille, voudrais-tu partir d'ici ?

Il avait dit cela d'un ton détaché, avec une sorte de timidité. Mais la question ne surprit pas Léna, tellement elle prolongeait les rêves qui la visitaient souvent.

— Oh, oui! oncle Philippe, répondit-elle.

Elle avait mis dans ses paroles une force, une ardeur qui furent pour le vieil homme comme une brûlure et il murmura, tandis que sa main frémissait sur l'épaule de l'enfant :

— Écoute, Lénotchka chérie, je t'aime infiniment, beaucoup plus encore que tu ne le crois. J'ai de la peine à te voir travailler comme une petite souillon. Il te faudrait des robes, des gâteaux, des fleurs. Tu aimes tout cela, n'est-ce pas ?

— Les jouets, oncle Philippe, voilà ce que je préfère. Les poupées surtout.

— Naturellement des poupées, s'écria-t-il, comme si le désir de la petite le comblait de joie. Eh bien, tu en auras, je t'en donnerai.

— Comme vous êtes gentil, mon petit oncle, quand m'en ferez-vous cadeau ? Bientôt ?

— Ah voilà, ici, tu sais bien, ce n'est pas possible. Est-ce qu'on trouve des poupées ici ? Alors, écoute, écoute bien Léna. Je pars à Moscou à la fin de la semaine. Là-bas c'est une grande ville, avec des rues larges, des automobiles qui passent tout le temps, de hautes, hautes maisons. Là-bas je pourrai t'avoir tout ce que tu demanderas. Veux-tu venir avec moi ?

— Tout de suite, seulement papa permettra-t-il ?

— Est-ce que tu as besoin de sa permission, voyons ? N'es-tu pas une grande fille, libre ? Il ne faut même pas lui en parler.

Lénotchka ne répondit point. Elle se rappela tout ce qu'on disait à l'école où le camarade Zotof, professeur communiste, enseignait que les parents bourgeois ne devaient plus avoir d'autorité sur les enfants, qu'à partir de dix ans, tout le monde avait droit à l'indépendance, qu'il était ridicule pour un être libre d'écouter l'avis des grandes personnes. Cet enseignement ne l'avait point convaincue, parce qu'elle n'aimait pas le camarade Zotof, ouvrier hirsute aux poils roux et qui sentait mauvais. Mais voilà que l'oncle Philippe qu'elle admirait venait d'en confirmer la valeur. Pouvait-elle hésiter ?

Cependant une dernière objection, d'ordre pratique, lui vint, car en sa tête charmante, une expérience précoce se mêlait bizarrement aux désirs puérils.

— Mais pour le passeport, comment ferai-je ? demanda-t-elle.

Son ton grave, affairé, plut si vivement à Philippe Adrianovitch qu'il la pressa contre lui et l'embrassa. Elle était habituée aux baisers du vieil homme, mais cette fois-ci, il avait chargé ses lèvres d'une ardeur neuve qui la fit tressaillir secrètement.

— N'aie pas peur, mon petit enfant délicieux, reprit-il plein de trouble. J'arrangerai tout cela. Alors c'est entendu, tu me suis à Moscou ?

Il y avait dans sa voix pénétrante et fiévreuse quelque chose qui fit peur à la petite fille. Mais comme elle ne savait pas encore démêler la passion dans la voix d'un homme, elle répondit :

— Quand vous voudrez, oncle Philippe.

Il l'embrassa et de nouveau, elle sentit son corps mollir et brûler.

Quand la voiture la déposa devant sa maison, elle aperçut à la fenêtre du grand cabinet une ombre à peine distincte et un point lumineux. C'était Ivan Mikhaïlovitch qui fumait encore. Une petite boule très dure monta à la gorge de Léna, mais elle pensa à la poupée, la grande poupée vêtue de velours et de soie que l'oncle Philippe lui avait promise et elle résolut fermement de tout cacher à son père.

II

Quand, à Moscou, Philippe Adrianovitch abandonna Lénotchka, dont il avait fait sa petite maîtresse, il lui laissa pour tous biens une liasse de roubles et la vague notion de ce qu'une fillette peut gagner avec son corps.

Le jour où il ne revint plus, elle ne comprit pas d'abord qu'elle restait seule. Lorsque sa logeuse le lui eut fait savoir, la chambre qu'ils avaient occupée ensemble lui parut soudain immense et pour la fuir elle sortit. Un crépuscule de fin d'été traînait dans la ville sa tiédeur fragile. Lénotchka traversa machinalement des avenues, des ruelles et, fatiguée, fatiguée, s'adossa contre une palissade démolie. Son regard suivit avec hébétude les jeux de trois moineaux et ce fut alors seulement qu'elle commença à pleurer. Sans cri, sans trépignements enfantins. Elle pleurait en silence avec des larmes lourdes et rares, des larmes de vieille femme.

Comme elle avait caché son visage dans ses mains, elle ne vit point qu'une étrange personne l'examinait. C'était une fillette à peine plus haute qu'elle, juchée sur des talons interminables et tordus, habillée d'une robe écarlate, découvrant avec abondance une poitrine osseuse, coiffée d'un chignon outrageusement faux et roux, qui éclairait crûment des lèvres fardées, des joues moites et un regard triste. Cette étrange personne dit lentement :

— Qu'est-ce que tu as à pleurer, imbécile ?

Lénotchka leva la tête et sans surprise considéra à travers ses larmes l'inconnue. Celle-ci reprit, très sérieuse :

— Faut pas pleurer, ça gâte les yeux, et ils sont beaux chez toi. Viens te promener en ma compagnie. À deux on a plus de chance. Je m'appelle Aniouta. Et toi ?

— Léna.

Comme si cet échange de noms avait suffi à leur donner une mutuelle confiance, Léna suivit la fille au chignon roux.

— Mais tu ne sais pas marcher, fit Aniouta avec mépris. Tu dois te balancer de-ci, de-là, comme un battant de pendule.

— Pour quoi faire ? demanda Léna.

— Pour attirer les hommes, voyons. Tu n'es pourtant pas une morveuse, tu dois savoir.

Léna commençait à comprendre. D'ailleurs l'autre expliquait, prenant un ton protecteur d'aînée :

— Je t'apprendrai tout. Tu vas venir habiter avec moi au Khitrof Rynok[1]. Nous avons là une maison où nous sommes une centaine et pas de grandes personnes pour nous ennuyer. On est serrés, mais on te trouvera de la place. Tu verras, il y a là des types d'importance. Mitri, qui est l'aîné. Il a dix-sept ans, il spécule sur la cocaïne, c'est un malin, il gagne gros. Et puis sa femme, Tania, qui n'est pas plus âgée que moi, mais qui a su se débrouiller : elle vend des cigarettes. Vassia aussi n'est pas maladroit, mais il finira mal, il vole trop, on dit même qu'il a égorgé quelqu'un. De mon métier, il y en a bien une trentaine, mais elles ne savent pas plaire aux hommes. Elles sont trop petites, plus petites que toi encore. Je ne veux pas en prendre une seule avec moi. C'est le bon Dieu qui t'envoie pour qu'on travaille ensemble. Tu as une belle robe toute neuve, je t'arrangerai les cheveux, parce qu'il faut être comme les grandes et tout ira bien.

Léna l'écoutait et déjà, devant cette vie nouvelle qui s'offrait, un sourire glissait sur ses lèvres charnues.

---

1. Quartier misérable où se sont toujours abrités les vagabonds, les voleurs, les prostituées, et que les bolcheviks n'ont pas réussi à nettoyer davantage que la police tzariste.

III

L'automne était venu, la pluie imbibait les rues d'une humidité tenace. Le vent, qui s'acharnait aux toits branlants des maisons, charriait déjà des souffles d'hiver.

Il était près de cinq heures de l'après-midi et le jour mourait. Aniouta et Léna qui venaient de se lever étaient seules dans le vaste dortoir. Les petites filles et les adolescents qui logeaient là avec elles étaient déjà tous partis pour vaquer à leurs besognes équivoques et mystérieuses. Le vide de la pièce délabrée était lugubre. Quelques tas de paille qui jonchaient le sol et une bouteille brisée dans un coin formaient tout le mobilier.

Aniouta tira de son corsage un morceau de papier rouge, le déplia soigneusement et l'ayant trempé de salive se farda les joues et les lèvres. Puis elle le passa à Léna qui fit de même. Ainsi parées, elles se regardèrent. Il fallait sortir et le soir montrait aux carreaux brisés de la chambre un visage si triste, si glacial. Une hésitation les gagnait, bien qu'elles fussent prêtes, cette hésitation née depuis les premiers jours pluvieux et qui croissait à mesure que la nuit montait plus vite. Mais soudain Léna se mit à rire.

— Tu as mis une bottine jaune et une noire, dit-elle.

— Je sais, repartit gravement son amie, c'est tout ce qui me reste.

— C'est encore une chance, conclut Léna, qu'elles soient de pieds différents.

Elle rit de nouveau. Aniouta, vexée d'abord, fut gagnée par sa gaieté et ce fut ainsi qu'elles sortirent.

Leurs deux petites silhouettes se perdirent aussitôt dans l'immense ville trouble. Un vague effroi serrait leurs cœurs et les poussait à marcher vite. Comme une bruine froide tombait sur leurs cheveux, elles y portaient sans cesse la main pour maintenir leurs faux chignons. Elles ne parlaient pas, oppressées par l'obscurité, le ciel bas, la faim et surtout par cet inconnu tragique qui rôde à travers les quartiers déserts des capitales.

Des ombres les croisaient, qui semblaient ou trop craintives ou trop farouches : parfois un chien aux yeux brûlants, et dont elles devinaient la gueule entrouverte, les suivait ; alors elles se pressaient l'une contre l'autre, car elles avaient entendu dire que des bêtes affamées se jetaient sur les enfants.

Enfin elles arrivèrent à une avenue vaguement éclairée. De loin en loin, des réverbères électriques luisaient sous la pluie qui les couvrait d'une résille lumineuse et serrée. Les deux petites filles respirèrent plus librement, délivrées de l'angoisse qui s'attachait à elles dans l'ombre. Léna, la première, cambra la taille, redressa la tête et prit cette démarche balancée, calquée sur le déhanchement des professionnelles et qu'elle croyait être leur séduction la plus puissante.

Elles allaient ainsi, provocantes et sournoises, tantôt au milieu du trottoir, tantôt frôlant les murs s'il leur semblait apercevoir quelque silhouette trop attentive. Car la police secrète traquait la prostitution. Cette promenade sous la bruine pénétrante, avec la peur d'être prises, cette chasse inquiète au morceau de pain, ne troublait point leurs âmes que le dégoût et la lassitude n'avaient pas eu encore le temps de flétrir. Elles s'amusaient même à ce jeu étrange, surtout Léna qui était la plus brave et la plus jeune dans le métier. Glissant sous ses longs cils, son regard hardi souriait aux rares passants qui se hâtaient, baissant vers le sol leurs faces émaciées ou maladivement bouffies que la faim avait pétries dans son moule terrible.

Ceux-là n'intéressaient point les chercheuses armées d'une précoce mais sûre expérience. Elles savaient qu'ils étaient hargneux comme des bêtes malades et plus tristes qu'une veillée d'hiver. Il leur fallait trouver quelque gras *specouliant*[1] ou bien quelque commissaire en humeur de fête, des hommes que la question de pitance ne hantait point, qui avaient la bouche gourmande et la main large.

Elles erraient depuis une heure. Les souliers disparates d'Aniouta, gorgés d'eau, avaient pris une même couleur neutre et molle ; Léna écartait ses bras autant qu'elle le pouvait, car chaque fois qu'elle touchait son corps, elle sentait davantage le froid de ses vêtements trempés. La coquetterie qui soutenait leur démarche était devenue machinale, le brillant de leurs yeux avait disparu. Déjà, elles allaient chercher un quartier plus favorable, lorsque la chance vint.

1. Spéculateur, mercanti.

Un homme, qu'elles n'avaient pas entendu approcher à cause du bruit des gouttes, les dépassa et, se retournant brusquement, leur dit :

— Eh ! fillettes, le temps est mauvais pour la promenade !

Les deux petites tressaillirent de surprise joyeuse, mais Aniouta répondit avec une fausse innocence :

— Nous cherchons de la compagnie, monsieur.

L'homme inspecta d'un regard vigilant les environs avant de proposer :

— Alors escortez-moi sans trop le montrer.

Il les distança légèrement et, l'air indifférent, elles le suivirent. Léna, poussant du coude sa compagne, murmura :

— Tu as vu sa pelisse ?

— Oui, fit l'autre, fameuse ! Nous avons de la veine ce soir, Léna, une grosse veine.

D'un œil reconnaissant elle caressa le dos arrondi qui les précédait, couvert d'une étoffe épaisse, symbole de luxe et de satiété. De temps en temps, l'homme se retournait et, les apercevant qui trottinaient derrière lui, leur adressait un signe.

Quand ils eurent quitté le quartier central de la ville et que la lueur indiscrète des réverbères ne fut plus au lointain qu'une brume argentée, il laissa les deux petites filles le rejoindre et, se plaçant au milieu d'elles, les prit par la taille. Elles frissonnèrent.

— Vous avez froid, mes enfants, dit-il, attendez, on se réchauffera bientôt, je vous mènerai dans un endroit dont vous n'avez pas idée, un tel endroit ! vous vous croirez dans la ceinture du Christ !

Une ornière le fit trébucher. Comme Léna éclatait de rire, Aniouta, plus humble et plus rouée, dit gracieusement :

— Pardonnez-lui, monsieur, elle est trop petite, elle n'a pas d'usage.

— Ça ne fait rien, ça ne fait rien, répliqua l'homme, c'est de son âge, j'aime la jeunesse et la gaieté. Ris tant que tu veux, mignonne, mais fais attention de ne pas te casser la jambe.

Ils longeaient en effet une ruelle défoncée dont les crevasses étaient autant de pièges boueux. Des débris de palissades jonchaient le sol, une odeur d'ordures ménagères et de bois pourri flottait.

L'homme pressa le pas, les petites exténuées le suivaient avec peine. Enfin il s'arrêta devant une maison de bois, dont on devinait vaguement les deux étages dans la nuit.

— Un ancien hôtel particulier, dit l'homme orgueilleusement. J'habite chez une dame noble qui a su arranger sa vie.

Il tira de sa poche une clé, ouvrit la porte cochère, puis, par un couloir étroit, mena les petites dans sa chambre. Avant même de l'avoir examinée, elles furent saisies de bien-être. Une lampe à pétrole avec un abat-jour violet éclairait doucement la pièce. Il y faisait chaud, de lourdes tentures feuille morte pendaient aux fenêtres et à la porte. De vieux meubles solides, moelleux, invitaient au repos, à une intimité pleine de rêves. Cependant, en contraste avec la propreté discrète et riche de l'endroit, on voyait sur un guéridon un blaireau sale et un rasoir encore couvert de savon.

— Eh bien, ça te plaît ici ? demanda l'homme à Léna, en lui prenant le menton.

— Oh! oui, monsieur!

— Comment dis-tu, monsieur? Je ne suis pas un monsieur, je suis le négociant Nikita Vassilitch, et pour toi l'oncle Nikita tout court. C'est compris?

Il se frotta les paumes jovialement et, enlevant sa pelisse, se montra vêtu d'un pantalon à carreaux, d'un veston marron et d'une blouse russe. De petite taille, replet, il avait de larges épaules, le front chauve. Malgré son visage vulgaire, une certaine finesse luisait dans ses petits yeux cerclés de rouge. Leur regard, sans qu'elle sût pourquoi, rappela à Léna celui de Philippe Adrianovitch, son premier ami.

Cependant, les petites, ayant peur de salir les meubles avec leurs vêtements mouillés, n'osaient s'asseoir. Nikita Vassilitch s'en aperçut et sonna.

Une femme aux cheveux gris, qui, sous un sourire servile, gardait un air naturellement hautain, entra.

— Bonsoir, comtesse, dit Nikita, je te présente deux petites amies qui ont froid et faim. Il faut commencer par leur donner des robes de chambre. Puis tu nous apporteras des zakouski, des gâteaux et *ma* vodka.

À ce moment, un bruit d'assiettes entrechoquées arriva de la chambre voisine.

— Ah! tu as des invités ce soir! dit l'homme.

— Quelques-uns, grâce à Dieu, Nikita Vassilitch.

— Tant mieux pour toi, comtesse, mais n'oublie

pas de nous garder les meilleurs morceaux, tu sais que c'est moi ton plus ancien invité et le plus riche.

La vieille femme étant sortie, Nikita Vassilitch releva une tenture qui découvrit dans le mur un trou fraîchement percé et dit aux fillettes :

— Venez voir, ça vous amusera.

Intéressées, elles regardèrent, se hissant sur la pointe du pied. Leur hôte n'avait pas menti, le tableau était curieux.

Au milieu d'une vaste pièce que des tapisseries anciennes couvraient d'une sobre richesse, où un divan disparaissait sous des coussins de soie délicate et que veillait le rêve doré d'une magnifique icône, se dressait une table. Par ses dimensions, par le soin qui avait présidé à son installation, elle était le principal personnage de la chambre. Elle s'imposait, elle régnait. On sentait qu'à cette table-là on mangeait.

Autour d'elle, des convives attendaient en silence. Par la vulgarité et la vigueur intelligente de leurs traits, ils ressemblaient presque tous à Nikita Vassilitch. Râblés, le cou bref, la barbe rêche, vêtus solidement et sans goût, ils formaient une étrange tablée, dans cette pièce qui portait encore les traces d'une opulence raffinée. Leurs gros doigts, dont les ongles étaient rognés ou douteux, maniaient avec une sorte de respect les cuillers ouvragées, les tasses fines. On devinait que ces mains étaient habituées à d'autres besognes : à porter, de la campagne, les sacs gonflés de denrées et cédés ensuite à des prix fabuleux dans la ville, à ouvrir de lourdes portes cochères, à nettoyer les cours, à conduire les chevaux aux abreuvoirs gelés, qu'il faut ouvrir à coups de hache et peut-être, qui sait, à étrangler les passants dans les nuits sans étoiles ni lune.

— Tous des gars dans mon genre, fit Nikita Vassilitch en montrant les dîneurs avec un rire satisfait. Ce ne sont point des fils à papa. Des débrouillards, des frères. Les commissaires ont beau se démener, ceux qui ne sont pas des imbéciles savent bien que nous sommes déjà les maîtres.

Les petites les dévisageaient tous avec admiration. Elles avaient entendu parler de ces restaurants clandestins où, pour des sommes qu'elles n'arrivaient point à se représenter, on trouvait du pain blanc, des gâteaux, de la crème, de la viande, du vin. Elles n'osaient plus parler, émues comme dans un temple, la respiration coupée. Et quand un frisson courait sur leurs corps mouillés, elles ne s'apercevaient même pas que c'était de froid.

L'hôtesse de Nikita Vassilitch vint interrompre leur contemplation. Elle déposa deux robes de chambre sur un fauteuil et s'en alla.

— Allons, mettez vite ça sur vous, dit le négociant.

Aniouta se mit à défaire ses souliers; Léna dégrafait déjà son corsage quand Nikita murmura sourdement:

— Viens ici, petite, que je te déshabille.

Soumise, l'enfant approcha. Les doigts de l'homme ne tremblaient point, mais tout son visage soudain pâli était comme soulevé par de petites rides mouvantes.

«On dirait du lait qui bout», pensa Léna.

Posément, il enleva la blouse de la fillette, fit

glisser la jupe. Elle était nue. Son corps amaigri gardait une grâce fière. Il était d'une couleur ambrée et d'une forme si pure que parfois, en le regardant, Léna avait une envie bête de pleurer. Mais ce soir, elle le montrait sans honte, tout en riant de voir Aniouta perdue en son immense robe de chambre.

De sa main rugueuse, Nikita caressa lentement la peau fraîche. Ses prunelles semblaient mortes derrière la buée qui les voilait ; de grosses gouttes de sueur tremblaient à son front ; le filet rouge qui cerclait ses paupières se tendait, prêt à rompre. Soudain, il repoussa brutalement la petite en criant :

— Cache ta chair, fille du diable, ne me tente plus.

Il respira avec force pour dégager sa poitrine oppressée et hurla :

— À manger et à boire, comtesse de malheur !

Puis il alla s'allonger sur son lit et ferma les yeux, la bouche tordue de souffrance.

La vieille femme apporta sur un plateau du caviar, des tranches de pain blanc, du jambon et une carafe pleine de vodka. Nikita Vassilitch gémit :

— Je le vois de nouveau, comtesse.

Muette, elle emplit d'eau-de-vie un grand verre, qu'il avala d'un trait. Son visage alors se détendit et, se relevant, il s'écria :

— Allons, fillettes, ne soyez pas tristes, il faut rire ce soir, je vais être gai, mon fantôme est passé.

Il baissa la voix :

— Car j'ai un fantôme, vous savez, mais ça n'est rien, je bois et il file.

Les deux petites ne l'écoutaient pas. Toute leur âme était condensée dans leurs regards que les victuailles hypnotisaient. Aniouta demanda timidement :

— C'est pour nous aussi ?

— Mais pour qui donc ? cria Nikita Vassilitch attendri. Naturellement que c'est pour vous, mes pauvres petits oiseaux. Et s'il n'y en a pas assez, on en fera venir encore. Quand Nikita régale, personne ne se plaint. Et les règlements on crache dessus lorsqu'on peut payer.

Il frappa orgueilleusement sur la poche de son veston qui bombait, but une nouvelle rasade, toussa. Les fillettes s'étaient assises près de la table, mais ne touchaient pas encore au plat, attendant que leur hôte donnât le signal.

— Servez-vous donc. Je n'ai pas faim, moi, dit-il, en appuyant sur ces derniers mots, qui exprimaient le comble de la richesse.

Léna prit la première une tranche de jambon et la regarda éperdument, comme si elle ne pouvait pas croire qu'on la pût manger d'un seul coup. Soudain, elle se mit à dévorer, imitée par Aniouta. Des minutes coulèrent, scandées seulement par le bruit avide des petites mâchoires. Les gestes des fillettes étaient raides, tout leur corps frissonnait. Bien que Nikita Vassilitch ne fût pas homme à s'apitoyer facilement, et que les détresses que ses yeux avaient vues les eussent rendus indifférents, une drôle d'émotion lui serrait la gorge, tandis qu'il buvait à petits coups un autre verre de vodka.

Enfin rassasiées, les petites s'arrêtèrent. Leurs joues étaient moins pâles, leurs prunelles plus vives. Aniouta se leva et, entourant de ses bras le cou de Nikita Vassilitch, baisa à pleines lèvres sa bouche humide. Léna battit des mains.

— Moi aussi je veux t'embrasser, oncle Nikita, cria-t-elle.

Il les prit toutes les deux sur ses genoux et, après les avoir caressées, dit, très sérieux :

— Maintenant, il vous faut de la vodka, mes enfants.

Elles acquiescèrent gravement, pénétrées déjà de cette vérité russe que boire est un rite sacré. Il emplit son verre et le tendit à Aniouta :

— Bois la première, tu es la plus grande.

La petite fille avala quelques gorgées, mais une toux violente l'étrangla. Nikita Vassilitch remarqua avec mépris :

— Ça n'est pas très fort, mon petit champignon !

Léna prit le verre des mains de sa compagne et le but d'un trait. De grosses larmes montèrent à ses yeux, la chambre tourna devant elle, mais elle tint bon. Cet exploit jeta Nikita Vassilitch dans un délire d'enthousiasme.

— À la bonne heure, voilà qui est crâne, cria-t-il. Quelle gaillarde ! sans souffler ! Tiens, prends pour la peine.

Fouillant dans ses poches, il en tira un tas d'assignats crasseux qu'il mit dans la main de la petite. Celle-ci passa l'argent à Aniouta.

— Ah ! c'est la caissière, fit Nikita Vassilitch avec un nouveau rire, tu n'es pas assez sérieuse, toi, c'est pourquoi je te préfère, je n'aime pas les gens sérieux. En affaires, ils sont durs à rouler et le soir ils ne savent pas rire. Attends que je boive un peu et tu verras comme je serai drôle.

Il saisit la carafe d'eau-de-vie, pleine encore à moitié, l'appliqua à ses lèvres, renversa la tête et les petites filles virent le liquide argenté disparaître. Il ne déposa le récipient que lorsqu'il fut complètement vide. Quelques instants il demeura hébété, le visage lie-de-vin, puis éclata d'un rire strident, saccadé, torturé.

— Pourquoi vous ai-je emmenées ici? gémit-il. Est-ce que j'ai besoin de vous? Est-ce que vous m'apportez de la gaieté? Vous êtes là toutes les deux à me regarder au lieu de rire et de me distraire. Vous voyez bien que je suis triste, triste à hurler comme un chien, que j'ai beau gagner des roubles à me coucher dessus, je ne puis pas oublier. *Ils* m'ont fait mourir mon fils, un grand fils qui était officier. Oui, moi, Nikita, le simple négociant Nikita, j'avais un beau gars officier, tout l'orgueil de mes yeux. *Ils* en ont fait mon fantôme.

À bout de souffle, il s'arrêta puis reprit violemment :

— Mais arrêtez-moi, le diable vous prenne! Il ne faut pas que je parle de ça! Il faut être gais, ce soir. Allons, criez, dansez. Ah! malheur, on ne peut même plus s'amuser aujourd'hui! Dans le temps, lorsque les chats me griffaient l'âme, j'allais chez les Tziganes. Je les saoulais, et c'étaient des chants, ah! des chants plus beaux que le paradis, des chants à faire crever de tristesse.

D'un geste large, il évoqua les orgies passées, la

mousse éblouissante du champagne, les cris, les râles, les rires des violons, les danses éperdues des femmes et dans son visage contracté passa un instant la démence de ces fêtes forcenées pétries de joie hystérique et de mortelle détresse.

Son regard tomba sur la carafe épuisée.

D'un coup de poing il fit trembler la table et clama :

— Comtesse, comtesse du diable !

Celle-ci apparut, blême.

— De la vodka, encore de la vodka. Tu me prends pour un écolier que tu me sers si mal, fille de chienne !

— Nikita Vassilitch, dit la vieille femme d'une voix brisée, je vous prierai de ne pas employer de telles expressions et de ne pas parler si fort, j'ai du monde.

— Du monde ? Qui ça ? Ah tes invités ! eh bien, ils m'empêchent de m'amuser tes invités, ce sont eux qui me fichent le mauvais œil et la tristesse, et tu vas les jeter dehors tout de suite.

— Mais je ne peux pas, Nikita Vassilitch, pensez donc...

— Je paye pour eux tous. Tiens, voilà de l'argent. Que dans une minute il n'y en ait pas trace dans cette maison. Quand Nikita festoie, il veut la place libre.

Malgré la fortune que la présence du spéculateur représentait pour elle, la vieille femme se fût volontiers débarrassée de lui, mais elle le regarda et eut peur. Il était capable de tout dans son ivresse déchaînée, dans son désir qui ne connaissait plus de frein. Il pouvait, par un épouvantable scandale, attirer l'attention de la milice, et c'était pour la comtesse le caveau de la Tchéka, le supplice. Soumise, elle murmura :

— C'est entendu, Nikita Vassilitch, je dirai que je crains une perquisition.

— Tu parles bien, comtesse, et n'aie pas peur, Nikita paye.

Des heures passèrent, de nouvelles carafes d'eau-de-vie furent englouties. Nikita Vassilitch parlait sans cesse, tantôt plein d'une gaieté sauvage, tantôt rompu de sanglots. Une sorte de délire le possédait. Il cherchait avec une ténacité terrible la joie qui le fuyait comme un oiseau trop magnifique. Parfois, il couvrait les petites de caresses brutales, de morsures et elles, raidies par la fatigue, brûlées par la vodka, ne comprenant rien à cette ivresse désespérée et farouche, se prenaient à le haïr.

Enfin, épuisé, il croula sur le divan, déboutonna son veston et, impuissant à ouvrir sa blouse dont le col l'étouffait, marmotta :

— Aidez-moi donc, petites chiennes !

Quand Léna vint vers le canapé pour lui obéir, il ronflait déjà, les joues boursouflées, les paupières molles, la bouche noire. Léna dit, dégoûtée :

— Un épouvantail à...

Elle n'acheva point et immobile, retenant son souffle, montra à sa compagne la poche de l'homme. Un énorme portefeuille en sortait à moitié, crevant de billets. La convoitise qui défigura Léna fut si ardente qu'Aniouta comprit. Elle approuva de la tête et murmura, prudente :

— Habillons-nous d'abord !

Muettes, avec des mouvements souples et silencieux, les petites remirent leurs hardes mouillées. Leurs cœurs battaient si fort dans la chambre sonore, qu'ils leur semblaient devoir éveiller Nikita. Cependant il dormait toujours, immobile. Seules ses mains remuaient comme de gros insectes captifs et l'une d'elles vint se poser, obéissant à une prudence inconsciente, sur le portefeuille qu'elle tint serré. Les petites attendirent un peu, mais la main ne bougeait pas. Le temps pressait, il fallait agir. Ce fut alors que Léna, scrutant la pièce, aperçut le rasoir ouvert. Elle le prit et, sans hésiter, trancha d'un geste la gorge de Nikita Vassilitch.

Puis la nuit pluvieuse accueillit deux petites ombres.

IV

Le camarade Sokolnikof, enquêteur pour les affaires criminelles près du tribunal révolutionnaire, était venu à son bureau de bonne humeur. Il avait peu de travail ce jour-là et comptait passer tout l'après-midi avec ses enfants qu'il aimait beaucoup. Il promena avec plaisir sa main sur ses joues grasses, rasées de frais et songea qu'il était bon de pouvoir se tenir propre en un temps où le savon manquait. Puis il dit au soldat qui lui servait d'appariteur, de faire appeler le prévenu de l'assassinat Miassine.

Il attendit en sifflotant sans regarder le dossier. Il ne le connaissait d'ailleurs point, préférant se fier à son instinct et juger sur la mine. C'était un homme que les scrupules judiciaires n'embarrassaient pas. Mais quand la porte du cabinet s'ouvrit sur le «prévenu», il ne put retenir un juron.

C'était Léna. On lui avait rasé la tête et dans sa longue robe grise de prison, elle avait l'air d'un garçonnet souffreteux.

Le camarade Sokolnikof souffla bruyamment.

— C'est toi qui es accusée d'avoir tué le citoyen Miassine? demanda-t-il.

— C'est moi qui ai égorgé Nikita, répondit la petite.

— Ah! bien, bien, murmura l'enquêteur, évitant le regard de l'enfant. Et pourquoi l'as-tu fait?

— Il avait des roubles plein sa poche. J'en ai eu envie.

Sa voix ne tremblait pas. Aucun remords, aucune crainte, ne ridaient son front lisse. Sokolnikof, bien qu'il fût enquêteur au tribunal révolutionnaire, se sentit mal à l'aise. Il tâchait de chasser l'image de sa fille Macha, qui stupidement s'était emparée de son cerveau et ne voulait plus l'abandonner. Il caressa machinalement ses joues, dont la fraîcheur le gênait maintenant. Enfin, avec une grande tendresse dont il ne se rendit pas compte, il murmura, comme s'il parlait à sa propre enfant:

— Mais voyons, ma pauvrette, c'est horrible ce que tu as fait, y penses-tu seulement!

La voix caressante de l'homme agit profondément sur Léna qui depuis des mois et des mois avait oublié quel accent a la douceur.

Elle baissa les yeux qu'elle avait jusque-là plantés hardiment sur Sokolnikof. Quelques minutes s'écoulèrent en silence et, brusquement, de gros sanglots, ces sanglots enfantins qui semblent étouffer les petites gorges et rompre les petites poitrines emplirent le bureau.

— Eh bien, dit Sokolnikof, tu vois, fillette, tu vois combien ton crime...

Mais elle l'interrompit :

— Monsieur le Juge, monsieur le Juge, vous qui avez la voix bonne, dites qu'on me rende la poupée que j'ai achetée après la chose, la belle poupée qu'on m'a prise ici en prison.

Et devant cette espèce de garçonnet souffreteux, le camarade Sokolnikof, communiste éprouvé, enquêteur au tribunal révolutionnaire, eut, la première fois de sa vie, l'impression d'être l'inculpé.

L'enfant qui revint

I

Douze hommes creusaient une fosse.

C'était un soir d'automne, pluvieux. Dans le ciel où la clarté se défendait encore, la lune montrait une face moite. Un souffle humide passait dans les bouleaux déjà vêtus de nuit, sur les champs et sur la route molle. Au loin, la petite ville se tassait dans l'ombre, sans feux.

Le silence crépusculaire pesait sur les hommes qui enfonçaient dans le sol flasque leurs pelles d'un geste lent, rejetaient la terre mouillée et se penchaient avec des yeux troubles sur la fosse qui, de minute en minute, s'élargissait. Parfois l'un d'eux, pris de vertige, s'immobilisait, aspirait profondément l'haleine du soir; ou fixait sur la plaine un regard de bête éperdue. Alors les soldats qui surveillaient le groupe, pressés de revenir en ville pour le repas, s'approchaient de l'homme et, avec une brutalité muette, le bousculaient d'un coup de crosse. Lui ne se retournait pas, reprenait machinalement son travail.

À quelques pas, assis contre le talus boueux, un revolver massif sur les genoux, fumait un gaillard râblé. Il avait l'air désœuvré, étranger à la scène. C'était le bourreau. Sa main aux ongles plats, aux nœuds grossiers, serrait fortement le bras d'un enfant qui tremblait à gros frissons.

Lorsqu'il eut terminé sa cigarette, il cracha, regarda le petit, haussa les épaules.

— N'essaye donc pas de t'enfuir, imbécile, lui dit-il. Il n'y a rien à faire. Et puis faut pas quitter ton père en ce moment. T'as pas l'esprit de famille.

Le bourreau regarda les soldats en clignant de l'œil, mais ceux-ci ne se décidèrent point à rire. Parmi les condamnés, il y eut un homme qui s'arrêta de bêcher, étouffant, car celui-là creusait et sa tombe et celle de son fils. Il cria, d'une voix stridente, hystérique :

— Vous n'allez pas le tuer ? Vous savez bien qu'un gamin ne conspire pas. Ah, tas de...

Un coup de crosse en plein visage l'arrêta. Une écume rouge jaillit de sa bouche et de son nez ; il tomba. À la vue du sang, les yeux du bourreau, paisibles jusqu'alors, se fermèrent à demi et ses lèvres frémirent. Il se leva, poussa l'enfant vers le groupe et dit :

— Assez profond, le trou.

Les condamnés s'arrêtèrent dans la pose où l'ordre les avait surpris, dans l'effort du travail, de la vie. Et l'on entendit que l'un d'eux sanglotait. Un autre prononça lentement, avec un sourire extatique de fou :

— Camarades, la lumière va mourir. Regardez la belle lumière.

Rapidement, les soldats les alignèrent en file

régulière, inclinés déjà sur la tombe fraternelle et béante; comme l'enfant se débattait, un poing lourd le jeta à genoux.

Et le bourreau, méthodiquement, l'un après l'autre, exécuta les condamnés d'un coup de revolver dans la nuque. Les corps s'écroulaient, se mêlaient dans la terre éventrée. Quand tout fut terminé, le bourreau s'en revint avec les soldats taciturnes vers la ville toujours obscure, toujours muette.

II

Là-bas, dans une maison de bois à un étage, une femme âgée et une jeune fille étaient assises devant une table. L'obscurité, effaçant leurs visages, laissait une clarté à peine suffisante pour diriger leurs mouvements, mais elles ne se hâtaient point d'allumer, voulant, par un accord tacite, retarder le moment où chacune d'elles allait lire de nouveau sur les traits de l'autre l'inquiétude qui les étouffait.

L'ombre était comme un répit à leur douleur et derrière son voile leurs voix altérées pouvaient s'efforcer à des conversations indifférentes.

Elles mangeaient lentement une sorte de brouet noirâtre fait de graines d'avoine, de bouillie de pain bis et d'arêtes de hareng — ajoutées pour le goût. Quelques pommes, dans une écuelle en bois, attirant les dernières clartés, luisaient faiblement.

— Les jours diminuent, tu ne trouves pas, maman, dit la jeune fille.

— Peut-être, je ne sais pas, je ne remarque plus rien.

Elles se turent, la gorge nouée.

Elles n'avaient pas encore fini leur dîner que l'on frappa à la porte. Aussitôt d'un geste instinctif, avec une hâte d'avares, les deux femmes allèrent cacher les fruits et la casserole où il restait un peu de soupe épaisse. Puis elles ouvrirent. Une grande silhouette maigre entra, qu'elles reconnurent malgré l'obscurité.

C'était Pélasgie, une vieille fille et cousine pauvre qui, il y avait encore quelques mois, vivait dans leur maison, en guise d'économe et de pique-assiette à la fois. Elle était partie un jour brusquement sous le prétexte qu'elle ne voulait plus être à la charge de ses parents. Dans la petite ville où, malgré la terreur, veillait une curiosité aiguë, on s'était ému de l'événement, d'autant plus que Pélasgie vivait fort bien et que dans sa figure fanée et pincée, il y avait une expression neuve, mélange singulier de supériorité, de tension et d'inquiétude. On croyait qu'elle s'occupait de spéculation secrète ou encore qu'elle avait plu à quelque nouveau riche épris de ses manières et de son éducation.

— Bonsoir Irène Philippovna, fit la vieille fille avec une nuance de respect. Bonsoir, ma petite Olga.

Elles murmurèrent quelques mots de bienvenue, et la mère proposa :

— Allez dans ma chambre, je vais desservir. Je vous rejoins bientôt.

Elle voulait rester seule, ne se sentant pas la force de parler, toute à l'angoisse qui l'étreignait depuis le soir où avaient disparu son fils et son mari.

Lorsqu'elles furent montées, Pélasgie demanda :
— Eh bien, y a-t-il des nouvelles, ma pauvre petite ?
— Aucune et pourtant, voilà huit jours qu'on a emmené papa et Georges.
— Il m'est revenu, dit la vieille fille, qu'on accusait ton père d'avoir reçu des lettres dangereuses et de les avoir fait porter par le petit.

Olga serra les lèvres pour étouffer un gémissement, car elle apercevait derrière l'accusation dont parlait Pélasgie, le profil même de la mort.

Dans le silence qui s'établit, elles entendirent en bas le verrou grincer, puis un cri sourd d'Irène Philippovna. La jeune fille et Pélasgie descendirent rapidement, mais elles trouvèrent la salle à manger vide. Un bruit de paroles confuses venait de la chambre contiguë, dont la porte était entrebâillée. Il faisait nuit complètement, si bien qu'elles ne purent distinguer à qui parlait Irène Philippovna. Celle-ci sortit aussitôt, ferma la porte fébrilement et se plaça devant comme pour interdire le passage.

— Que se passe-t-il ? demanda Pélasgie.

La mère répondit d'une voix basse, rauque, sauvage.

— Ce n'est rien, rien du tout. Je suis trop nerveuse. Un ivrogne a voulu entrer. Cela m'a donné une sorte de crise de nerfs. Bonsoir, Pélasgie. Je vais me coucher. Olga est fatiguée aussi. Bonsoir.

La vieille fille, sans dire un mot, embrassa ses parentes et s'en alla.

Collée au bois de la porte, Irène Philippovna écouta son pas décroître. Alors elle poussa le verrou et dit à l'oreille de sa fille :

— Maintenant, vite de la lumière et un linge mouillé. Georges est là.

Olga revint avec une lampe qui tremblait dans sa main et qu'elle faillit laisser tomber en apercevant, dans le fond de la chambre, écroulé sur un fauteuil, son frère. Il était couvert de pourpre sombre ; du col humide et lourd des caillots lie-de-vin, des filets bruns coulaient comme d'un lac inépuisable. Cela venait de la nuque trouée, qui dégorgeait sans cesse un sang épais.

Irène Philippovna lavait doucement la plaie en murmurant des mots sans suite, où revenait cette lamentation :

— Un enfant, faire cela à un enfant...

Olga s'abattit à genoux près du fauteuil, saisit les mains de son frère et demanda en sanglotant :

— Georges, mon petit garçon, mon petit, qu'y a-t-il ? Qu'est-ce qu'on t'a fait ?

L'enfant la regarda de ses yeux hagards et misérables, voulut parler, mais un gargouillement affreux s'arracha de sa gorge, tandis qu'une mousse écarlate lui salissait les lèvres

— Mon Dieu, il a la langue coupée, gémit la jeune fille. Mais papa alors ?

Irène Philippovna fit un geste désespéré. Olga ferma les yeux pour ne pas voir le visage du petit, mais sous ses paupières closes, malgré elle, se déroula une fresque terrible : l'exécution, le réveil de l'enfant parmi les cadavres tièdes encore et gluants, le retour à la maison, dans la fièvre, le sang, l'agonie.

Sans forces, immobile, elle regarda Irène Philippovna soigner son frère.

III

Pélasgie marchait rapidement à travers les rues obscures. De temps en temps elle entendait le piétinement ou les jurons d'une patrouille, seule rumeur qui rappelât l'existence humaine dans la petite ville endormie. Mais la vieille fille ne sentait point la peur qui même la nuit semblait frapper aux maisons verrouillées, aux fenêtres sombres. Elle aspirait au contraire, avec une étrange volupté, l'atmosphère de cette cité vide sur laquelle la lune falote, frottée de nuages, versait une clarté tragique et son pas martelait la chaussée raboteuse avec allégresse.

Elle ne rentra point chez elle et, prenant une avenue bordée de bouleaux dépouillés, se dirigea vers l'ancien gymnase, grande bâtisse fraîchement recrépie à la chaux, dont les fenêtres peintes en noir ne laissaient point filtrer de lumière. C'était la demeure de la Tchéka.

Un homme vêtu de cuir en gardait l'entrée, paresseusement adossé au mur. Pélasgie lui murmura quelques mots et il la laissa passer. Elle monta à l'étage des «informations», pénétra dans un petit cabinet encombré de fiches, de photographies.

C'est là que, chaque nuit, elle fixait des destinées humaines.

Dès qu'elle se fut assise à son bureau, le maintien de la vieille fille changea. Elle redressa avec superbe son buste pauvre. On eût dit qu'une lumière farouche venue des profondeurs de son être modifiait son visage, le sculptait durement. Dans ses yeux brûla soudain une ardeur fixe; la bouche s'étira comme un fil tendu, les mains osseuses plongèrent dans les papiers épars avec la fièvre maladive qu'ont les doigts des avares lorsqu'ils manient des pièces d'or. Et Pélasgie, d'un coup, perdit sa gaucherie de vieille fille pauvre. À son bureau où, arbitre de vie et de mort, elle tenait la destinée d'hommes qui ignoraient jusqu'à son existence, la silhouette rigide de Pélasgie prenait quelque chose de la sombre grandeur d'une Parque antique.

Elle demeura les yeux mi-clos, perdue dans la jouissance trouble que lui procurait chaque soir le sentiment de son pouvoir. Sa charge d'informatrice à la Tchéka ne la ravissait point par le bien-être qu'elle apportait, mais pour la revanche qu'elle procurait contre toute son existence de parente pique-assiette, domestiquée, comprimée. L'œil aux aguets, l'esprit en éveil, elle vivait dans une exaltation permanente à laquelle la contention ajoutait une sorte de plaisir refoulé et sexuel. Et tout sentiment humain s'était effacé en elle, pour faire place à un instinct avide de chasseuse d'hommes.

Elle se mit à classer ses rapports. Lorsqu'elle eut terminé, elle appela le Tchékiste de garde.

— Dis au camarade Siméon que j'ai à lui parler, fit-elle.

— Tu peux y aller. Le camarade président a terminé son interrogatoire.

Quand Pélasgie se présenta dans le bureau du chef de la Tchéka, un garde en sortait, traînant un corps inerte au visage tuméfié... Dans la pièce se tenait un homme de petite taille ; son cou était épais, ses yeux striés de sang, ses poings énormes.

— Encore un idiot qui ne voulait pas parler, dit-il en haussant les épaules. Un peu de café, camarade ?

— Volontiers, fit Pélasgie.

Ils s'installèrent devant la vaste table du président, encombrée de papiers, de billets de banque, maculée d'encre, de cendres, de sang bruni. Le camarade Siméon offrit à la vieille fille du café, de la crème, du pain blanc. Elle lui fit son rapport avec clarté, méthode, précision, puis elle demanda :

— Les Silanine ont-ils été exécutés, tu sais, le père et le fils ?

— Oui, ce soir, avec la liste 16.

— Je le pensais, dit Pélasgie. J'aurai sans doute du nouveau demain. Il me faut un homme.

Le camarade Siméon ayant approuvé, ils se séparèrent.

Et jusqu'au moment où l'aurore ouvrit ses yeux frais sur la ville, la vieille fille et le président, chacun de leur côté, travaillèrent avec fièvre dans la maison silencieuse mais pleine de souffrance sourde, et dont les caves étaient peuplées de larves humaines angoissées et frémissantes.

IV

Irène Philippovna et Olga veillèrent la nuit entière l'enfant qui ne pouvait s'endormir et qui, dans l'impuissance où il était de prononcer une parole, mettait toute son angoisse dans ses yeux. Lorsqu'il fit clair et qu'une vie parcimonieuse courut à travers la ville comme un sang pauvre, la mère dit à la jeune fille :

— Il faut un médecin.
— Qui ? demanda Olga.

Ils étaient cinq ou six, mais pas un qui inspirât une confiance absolue. Du secret professionnel le bolchevisme les avait depuis longtemps déliés ; la délation avait pu les corrompre comme tant d'autres. Les deux femmes hésitèrent longtemps, évaluant leur discrétion, leur conscience. Enfin leur choix se fixa sur le plus âgé d'entre eux, un vieux bonhomme qui avait soigné Irène Philippovna lorsqu'elle était encore enfant et dont l'honnêteté paraissait plus sûre que le savoir.

La jeune fille le trouva dans la mansarde qu'il habitait avec sa femme. Devant celle-ci, Olga n'osa point avouer le motif qui l'avait poussée à venir ; elle dit au médecin qu'elle le demandait pour sa mère qui souffrait d'insomnie.

Quand le vieux docteur fut introduit dans la pièce où gémissait l'enfant, il ne comprit pas, mais voyant l'affreuse blessure, il s'arrêta et murmura, interdit :

— Qu'y a-t-il ? Vous m'avez trompé, Olga Nicolaevna.

La mère, en quelques mots saccadés, raconta la vérité. Tandis qu'elle parlait, une terreur animale décomposait le visage du vieil homme. Ses joues tremblaient, une moiteur couvrait son crâne chauve. Il bredouilla :

— Je ne peux pas me mêler de ça. C'est la mort si on le sait... Et on saura. Non, non, je m'en vais.

— Mais voyons, Pavel Feodorovitch, implora Irène Philippovna, au moins, regardez-le. Puisque vous êtes ici, dites ce qu'il faut faire.

— Non, je m'en vais, je ne peux pas...

— Pavel Feodorovitch, un mot, un seul, fit la malheureuse en s'accrochant à lui... Des compresses froides, est-ce bon ?

— Je ne sais pas... Oui.

— Il ne dort pas. Donnez-moi quelque chose.

— Prenez cette fiole de laudanum. Je l'avais apportée pour vous. Quelques gouttes le soir. Maintenant, adieu, Irène Philippovna. Pardon, mais vous comprenez, c'est la mort pour moi... Ma femme est si vieille.

Les jambes molles, balbutiant des excuses, il sortit, sans avoir jeté un regard sur l'enfant blessé.

Comme il sortait, il rencontra Pélasgie. Celle-ci s'effaça et rien sur son visage n'indiqua la joie du chasseur qui trouve un recoupement de pistes, mais dans son cerveau méthodique passa cette pensée :

« Il sera sur mes fiches ce soir. »

Sur le perron, elle remarqua de larges flaques d'un brun rougeâtre, que la bruine n'avait pu laver, et murmura :

— L'exécution hier soir, l'émotion d'Irène, le docteur, les traces de sang. Je n'ai pas même besoin d'entrer...

Quelques heures plus tard, Olga, voulant aller en ville, trouva devant la porte un vigoureux gaillard en veste de cuir qui la saisit aux épaules, la fit pivoter brutalement en criant :

— On ne passe plus, la belle.

La jeune fille se rejeta dans la maison, les genoux brisés et tomba sur le plancher en sanglotant. Elle n'avait plus la force de lutter ; quelque chose de trouble voilait ses yeux, son cerveau ; elle gémit d'une voix enfantine qui faisait sa plainte plus lamentable.

— Maman, maman !

Irène Philippovna, en la voyant prostrée, comprit que le dernier espoir fléchissait. Dans sa poitrine lasse, il lui sembla sentir le mouvement ralenti et difficile de son cœur. Olga lui dit :

— Il y a un tchékiste sur le perron, maman. Je n'en puis plus. Je deviens folle.

— Il faut savoir, fit la mère.

Elle ouvrit la porte résolument, toisa la sentinelle, tâchant de découvrir ce qui pourrait faire parler l'homme. Une intuition sûre, née de son désespoir et de sa tendresse, guidait sa recherche. La pitié? Non... Les yeux bleus glacés avaient vu trop de visages ravagés pour s'émouvoir. L'intérêt?... Sans doute. La bouche était cupide et le front bas. Irène Philippovna parla nettement à voix sourde :

— Pourquoi es-tu là? Si tu le dis, tu auras deux grandes croix d'or.

L'homme jeta un regard aigu autour de lui et murmura :

— Donne.

La mère prit au cou d'Olga, toujours affaissée, le symbole sacré, se défit du sien et les tendit au tchékiste. Celui-ci, alors, expliqua, indifférent et bref :

— Paraît que vous avez un rescapé. Le chef le prendra ce soir. On l'emmènera à l'hôpital et, une fois guéri, au fossé.

La rue, ainsi que le rayon d'une roue immense, tourna devant les yeux d'Irène Philippovna; elle s'appuya au mur, faible soudain. Mais le factionnaire la repoussa à l'intérieur en grommelant :

— S'agit pas de s'évanouir ici.

Olga s'était relevée péniblement et sa bouche égarée égrenait d'atroces paroles :

— Ils vont le ressaisir. Ils vont le soigner. Ils viendront à l'hôpital prendre chaque jour de ses nouvelles... Ils le palperont de leurs mains où le sang n'a pas encore séché comme une bête qu'on engraisse pour le boucher. Et lui saura... Il refera bientôt la même route, il reverra le fossé, il revivra les heures inhumaines...

Irène Philippovna écoutait sa fille avec une attention grave. Elle ne semblait pas émue par cette litanie qui traçait d'avance le martyre de son enfant. On eût dit au contraire qu'elle lui donnait du courage, de la force, de la foi. Et quand Olga, épuisée, se tut, la mère s'approcha d'elle, caressa ses cheveux d'un geste lent et dit, étrangement sereine :

— N'aie pas peur, chérie. Ils ne lui feront rien.

Elle alla s'asseoir au chevet du petit qui l'attendait anxieusement, bouleversé par l'écho des rumeurs et des plaintes qui arrivaient jusqu'à lui. Sur ses yeux le regard de la mère se posa si lumineux, si libre de toute inquiétude, qu'il apporta une détente au visage du blessé. Elle lui parla, changea son pansement pour rafraîchir la plaie brûlante, mettant en ses soins quelque chose de plus grave, de plus large et de plus beau que l'amour maternel lui-même, quelque chose de divin et de terrible à force de suavité.

Cependant, elle suivait, minute par minute, la chute pâle du soleil. Quand le crépuscule, aux fenêtres de la chambre, montra sa face mélancolique, elle dit avec un tendre enjouement :

— Il faut dormir, petit. Le docteur l'a recommandé et m'a donné une potion pour toi. Je vais te la préparer.

Elle se leva et dans une tasse versa la fiole de laudanum tout entière. Mais avant de tendre à l'enfant le breuvage mortel, une faiblesse suprême la saisit, qui prit la forme d'un espoir insensé. Elle traversa la pièce où Olga, la tête ensevelie dans ses mains, demeurait pétrifiée, entrebâilla la porte. Le tchékiste était toujours là, fumant une cigarette. Alors Irène Philippovna n'hésita plus.

Elle revint dans la chambre du petit, se pencha sur lui, baisa ses paupières avec une douceur épuisée, déchirée, infinie, et l'aida à boire.

Puis, indifférente, elle attendit l'arrivée des tchékistes.

Au marché

I

LA POUBELLE

Le mari d'Anna Vassilievna était mort la veille à l'hôpital, elle ne savait de quelle maladie. Lorsqu'elle l'avait demandé au médecin, celui-ci avait répondu avec une brusquerie de nerveux surmené :

— Est-ce que ça ne vous est pas égal ? Il est mort, voilà tout.

Et il l'avait laissée dans un coin de salle que cachait un paravent, seule et fragile barrière entre les cadavres et les malades encore vivants. Elle était restée longuement en face du corps roidi et du visage auquel la mort n'avait point enlevé sa souffrance. Elle était rentrée doucement chez elle, la nuque ployée, le regard vague et — bien qu'elle n'eût que quarante ans — avec l'air frileux et pauvre des petites vieilles.

Comme elle n'avait point dormi depuis plusieurs journées, elle s'était affaissée sur le lit et le sommeil l'arracha pour quelques heures à la détresse.

Lorsqu'elle s'éveilla, le matin était déjà avancé. Des flocons glissaient paresseusement dans la lumière livide ; il lui sembla que là-haut on avait éventré quelque immense édredon d'où tombaient sans fin des plumes. Dans les autres chambres de l'appartement, des soldats — locataires imposés — criaient. Il faisait froid ; elle avait faim. Mais cette atmosphère était habituelle et n'arrivait point à expliquer l'effroi dont elle sentait sa poitrine accablée comme d'un mal physique. Alors seulement elle se souvint qu'elle était seule et le lit soudain lui parut d'une largeur terrible.

Elle ferma les yeux comme si le voile de ses paupières était une protection contre la douleur et s'interdit de réfléchir. Mais une langue rugueuse passa sur sa main. Anna Vassilievna tressaillit, puis sourit faiblement.

— Ah, Billy ! Viens près de moi, mon pauvre.

Le grand chien-loup, aux yeux ardents, sauta d'un mouvement léger sur le lit et s'allongea près de sa maîtresse, posant sa gueule sur son épaule. Il soufflait sur elle une haleine chaude et sèche ; dans l'ombre rose de la gueule les dents luisaient comme de petits cônes polis. Anna Vassilievna, tout en caressant la marque rose qu'il avait au sommet du crâne, entre les oreilles, contemplait le chien, très émue. Elle se rappelait la tendresse que son mari nourrissait pour la bête puissante et douce, les sacrifices qu'il consentait pour pouvoir la garder. Et vraiment, à le voir souple et à peine maigri, on n'eût pas dit que Billy était un chien de bourgeois.

Ils demeurèrent ainsi serrés l'un contre l'autre ; les yeux brûlés du chien clignaient parfois sous le

Au marché

regard bleu passé de la femme. Enfin Billy bâilla longuement, ses crocs claquèrent en se rejoignant. Anna Vassilievna murmura machinalement :

— Tu as faim ?

Avec ces mots tout le désespoir de la vie revint en sa conscience.

— Tu as faim, répéta-t-elle. Moi aussi.

Il fallait trouver à manger.

Elle se leva péniblement, se mit à réfléchir. Qu'allait-elle vendre ? Elle jeta un coup d'œil sur les murs nus, les fenêtres sans rideaux, toute la misère de la chambre. Contre la porte cependant, un chapeau et un manteau pendaient à un clou. Tout ce qui restait de son mari.

Anna Vassilievna passa sa main sur son front, décrocha les hardes et s'en alla au marché.

Bientôt, elle connut la pire détresse, celle où il n'y a plus de refuge ni d'espoir. Contre de la nourriture elle avait tout échangé, les couvertures, les draps, la table, les chaises, le broc à toilette, les épingles à cheveux, tout. Elle ne se lavait plus, dormait enroulée dans une guenille de portière qui lui servait de manteau. Ses paupières prirent l'aspect élimé d'un vieux chiffon, des abcès lui vinrent aux commissures des lèvres ; une buée humide trembla dans ses yeux éteints.

Elle fut souvent dans les rues de Pétrograd parmi les mendiants, pitoyables ombres, timides et affamées, qui pleurent sans oser ni savoir tendre la main.

Le chien l'accompagna d'abord, mais, comme il

l'irritait par son corps efflanqué et ses yeux suppliants, elle le chassa.

Un matin, elle eut à peine la force de se lever ; elle n'était pas sortie depuis une semaine, ayant vendu son unique paire de souliers. Il faisait très beau ; le soleil couchait sur la neige des ombres bleutées, la fenêtre scintillait sous le gel, mais dans la chambre le froid était si vif qu'Anna Vassilievna avait peur de toucher au fer de son lit qui brûlait comme de l'eau bouillante.

Elle devait aller en ville, sans quoi elle mourrait de faim et de froid. Elle enveloppa ses pieds d'une mince bandelette et se dirigea vers le marché. Elle savait bien qu'elle n'y pourrait rien obtenir, mais un instinct obscur la poussait vers l'endroit où l'on se procurait de la belle farine coulant comme un sable neigeux, du maïs doré, des pommes de terre...

Au marché, elle remarqua une agitation particulière. Les acheteurs plus nombreux discutaient avec moins d'âpreté. Les moujiks avaient sur le dos des sacs plus lourds que de coutume ; à leur air de supériorité narquoise se mêlait une apparence de douceur. Les denrées étaient plus abondantes, plus variées, et lorsque Anna Vassilievna aperçut un gros homme fourrer avec précaution une oie sous sa pelisse, elle se souvint que la Noël devait être proche.

Ses pieds ardents ne lui permettant point de rester en place, elle erra parmi les groupes. Il y avait là une étonnante humanité, mélange de toutes les classes, de toutes les races. Des Chinois communistes, vêtus de cuir, se promenaient paisiblement, une longue pipe à la bouche; des femmes aux mains fines et aux lèvres pâles proposaient d'une voix brisée des fourrures, des médaillons, des serviettes. Un spéculateur trustait les poulets, tandis qu'un gamin de seize ans au visage déjà flétri faisait la même opération sur le beurre. Une paysanne avait pendu à son cou, en guise de sautoir, trois montres-bracelets, dont les pierres précieuses scintillaient au soleil. Tous avaient des visages avides et inquiets. Le marché, toléré mais non permis, pouvait conduire à la mort. Aussi les volailles les plus grasses et la farine la plus soyeuse étaient-elles pour les policiers secrets qui, accompagnés de leurs amies empanachées, endiamantées et peintes, passaient en maîtres dédaigneux devant les éventaires. La terreur, la rapacité, la misère et la corruption se côtoyaient sur la place.

Anna Vassilievna écoutait les marchandages rapides, suivait d'un regard douloureux les denrées qui passaient de main en main. Les marchands toisaient cette pauvresse déguenillée, branlante, et se détournaient avec mépris. L'un d'eux murmura même:

— À la poubelle, la vieille.

Mais l'injure fut pour Anna Vassilievna comme un conseil. Elle se rappela qu'en effet il y avait au bout de la place une sorte d'énorme récipient en zinc où l'on jetait les arêtes de poisson, la viande par trop avariée, les détritus de légumes. Elle pourrait sans doute y trouver quelque chose. À cet espoir, elle se retourna peureusement, comme si quelqu'un avait pu entendre sa pensée et en profiter avant elle.

Elle se mit en marche à pas menus et pressés. De ses poumons usés s'envolait un souffle pénible, elle avait oublié que la neige brûlait ses pieds presque nus; tout son corps frémissait d'un désir animal.

Lorsqu'elle parvint à l'endroit qu'elle connaissait, un tremblement de joie la saisit. Il n'y avait personne. Elle allait pouvoir se rassasier tranquillement. Elle approcha de la poubelle et tendait déjà les mains, lorsqu'une masse grise, couchée le long du récipient, et que ses yeux troublés par la faim et l'espoir n'avaient point distinguée, se leva devant elle et poussa un grognement.

Anna Vassilievna recula et ne reconnut point d'abord un chien dans la bête farouche en présence de laquelle elle se trouvait. La peau lui collait à l'échine, aux côtes, pendait du ventre flasque. Le poil était si rêche qu'il semblait du foin coupé court et durci. Les crocs s'alignaient en bataille dans la gueule entrouverte; les yeux étaient boueux et sanglants.

L'animal grondait, dressé devant sa poubelle, et n'entendait point qu'on y touchât. Mais Anna Vassilievna ne pouvait plus partir. Il fallait qu'elle mangeât, dût-elle mourir. Elle avança.

La bête, les babines retroussées, se ramassa pour bondir.

Mais brusquement ses reins tendus mollirent, une sorte d'inquiétude passa dans son regard flambant. Elle vint poser son nez sur les pieds nus de la femme et renifla avec attention. Alors, entre ses oreilles, Anna Vassilievna aperçut une marque rose.

Le chien recula, comme à regret, s'accroupit à quelques pas. Il cédait sa place.

Sans s'occuper de lui, Anna Vassilievna se courba sur la poubelle et, sous les yeux tristes de l'animal, elle se mit à fouiller, à fouiller... Ses cheveux gris dénoués se mêlaient aux ordures.

II

LE BOURREAU FRIPIER

L'étudiant Gilanine habitait avec sa mère une maison isolée. Un soir, comme la ville s'enveloppait dans le linceul d'un crépuscule neigeux, les tchékistes vinrent chercher le jeune homme. Lorsque leur camion s'arrêta devant la porte, il était seul, occupé à mettre la table pour le repas.

Bien qu'il n'eût rien commis de préjudiciable, il ne s'étonna point de la visite, s'étant habitué à l'idée que la liberté et la vie d'un homme sont choses fugitives. Toutefois, par un besoin de méthode et pour avoir l'esprit tranquille, il demanda l'ordre d'arrestation. Les policiers consentirent à le lui montrer, mais ne voulurent point qu'il laissât à sa mère un mot qui la préviendrait.

— Mes instructions vous défendent tout contact avec l'extérieur! lui dit le commissaire, à qui des yeux ternes et une moustache frisée donnaient l'aspect d'un petit employé inoffensif, mais qui palpait si nerveusement la crosse de son revolver que Gilanine n'insista point.

Il considéra son manteau qui pendait au mur et pensa:

« Il vaut mieux ne pas le prendre. Ma mère pourra en vivre quelques jours. »

Il monta donc dans la lourde voiture, couvert seulement du gros chandail vert à raies blanches qu'il portait toujours et partit avec fatalisme pour la prison.

Lorsque Sophie Ivanovna revint dans la maison vide, elle s'arrêta, pleine d'une stupeur angoissée devant la table nue. Cependant, elle ne voulut pas comprendre. Elle se dit que son fils avait été appelé subitement chez des amis, des parents, et, malgré la défense de sortir la nuit, elle courut dans toutes les familles qu'elle connaissait pour le retrouver.

Elle rentra exténuée, la bouche tremblante, mais résolue à espérer encore. Le lendemain seulement, elle apprit par des voisins qu'un camion s'était arrêté devant sa maison et que, dans le soir livide, des hommes vêtus de cuir en étaient descendus. Alors, elle s'enferma chez elle et demeura toute la journée seule, hébétée, à suivre, par la fenêtre glacée, le jeu des flocons qui se poursuivaient comme un vol interminable de moucherons blancs.

Puis, une semaine durant, elle chercha son fils.

Chaque jour, elle se rendit à la Tchéka de la ville ; suivant l'humeur des sentinelles, elle y reçut des réponses évasives ou grossières, ce qui n'arrivait point à dissiper la douceur hagarde qui s'était comme pétrifiée sur son visage. Elle voulut voir les listes des fusillés ; on lui répondit qu'elles étaient secrètes. Parfois, elle resta des heures entières à rêver sous la neige, devant le bâtiment mystérieux dont les caves recelaient tant de souffrance et d'angoisse humaines et d'où s'en allaient au petit jour des fourgons chargés de cadavres et couverts d'une bâche imbibée de sang.

Cependant, il fallait vivre. Un matin, s'étant aperçue que toutes ses provisions étaient épuisées, Sophie Ivanovna prit machinalement quelques draps et se rendit au marché.

Elle y arriva de bonne heure : les marchands n'étaient pas encore tous arrivés. Mais, possédée par le désir d'en finir vite pour retourner devant la sinistre bâtisse qui l'attirait comme une obsession, Sophie Ivanovna ne voulut point attendre les acheteurs. Elle s'approcha d'un moujik paresseusement étendu sur son traîneau et lui offrit ses draps à prix si vil que l'autre, après avoir payé, se signa superstitieusement.

Sophie Ivanovna fourra dans sa manche les quelques billets qu'elle venait de recevoir et se dirigea vers la place que, d'ordinaire, elle fréquentait. Mais elle n'avait pas encore quitté le marché, qu'une rumeur s'éveilla autour d'elle et l'arrêta :

— Le Chinois, le Chinois, le voilà qui vient.

On eût dit un mot d'ordre. De tous les coins du marché les femmes accoururent. Il y en avait de vieilles qui chancelaient sur leurs jambes raidies par le froid et mâchonnaient d'incompréhensibles paroles, de jeunes qui marchaient vite en haletant, il y avait des pauvresses couvertes de haillons et d'abcès, de nouvelles bourgeoises dont les fourrures disaient la prospérité, mais toutes avaient dans le regard une fixité morbide et aux lèvres cette crispation qui révèle l'angoisse. Sentant confusément en elles une souffrance fraternelle, Sophie Ivanovna suivit leur troupe anxieuse et écouta leurs brefs propos :

— *Il* n'est pas venu depuis deux jours.
— C'est qu'*il* n'a pas eu d'exécution.
— Ou qu'*il* n'a pas eu le temps.

Sophie Ivanovna demanda une explication à la vieille paysanne qui marchait auprès d'elle.

— C'est le bourreau, vois-tu, ma petite mère, répondit l'autre. Il ne parle pas russe, mais on peut tout de même savoir par lui.

Bientôt, les femmes eurent atteint l'homme vers lequel elles se dirigeaient. Elles l'entourèrent d'un cercle compact, frémissant et muet.

C'était un Chinois gigantesque, comme on en voit dans les provinces du Nord. Il portait un bonnet de fourrure qui écrasait sa face aux méplats brutaux, aux yeux cruels et dont la couleur semblait être un étrange reflet de la capote kaki qui l'habillait. Ses lèvres sales s'entrouvraient pour laisser filtrer un cri guttural adressé aux chalands.

Sur ses longs bras tendus en éventaires, il offrait des chemises, des vestons, des manteaux, toute une friperie bizarre et maculée.

Et Sophie Ivanovna comprit. Les hardes étaient les dépouilles des victimes, le butin du bourreau ramassé sur les corps encore tièdes et toutes ces femmes étaient les mères, les fiancées, les sœurs, les filles, qui venaient lire le sort de leurs disparus dans la marchandise du Chinois.

Une sorte de spasme terrible contracta Sophie Ivanovna. Ses yeux éblouis d'épouvante ne purent rien distinguer d'abord, puis tout de suite ils vinrent se poser sur un chandail vert rayé de blanc que l'homme balançait au bout de son poing.

Elle gémit sourdement et tomba à genoux, tandis que les autres femmes s'écartaient pour laisser passer le bourreau fripier qui avançait d'un pas tranquille, poussant son cri monotone et portant la mort sur ses bras écartés.

Les deux fous

I

Les rouges avaient occupé Odessa depuis deux jours, et depuis deux jours, l'ingénieur Nicolaï Petrovitch Erchof errait à travers les rues de la ville où patrouillaient des camions chargés d'ouvriers armés. Chaque fois qu'il entendait gronder l'une de ces lourdes machines, Erchof aurait voulu courir vers sa demeure et s'y blottir comme dans une tanière. Mais il savait que ce désir était fou. Sa maison était surveillée par la Tchéka, première institution organisée dans la ville conquise, et lui-même, pour avoir dirigé une fabrique de cartouches sous l'occupation blanche, était hors la loi.

Il n'avait pas encore eu le temps de s'adapter à la situation, ni de comprendre comment un homme respectable, aux mœurs douces, aimé par ses ouvriers, estimé de ses amis, était soudain devenu une sorte d'animal traqué. C'est pourquoi la crainte qui voûtait son corps maigre faisait place à la stupeur sur son visage aux oreilles largement écartées.

Stupeur d'avoir une barbe qui crevait ses joues

d'aiguilles dures, de ne plus sentir sa volumineuse pomme d'Adam soutenue par un faux col bourgeois. Stupeur de voir des officiers massacrés dans les rues. Stupeur devant les meetings fiévreux, les femmes en larmes, les maisons en feu.

La nuit vint mettre fin à cet état douloureux d'hypnose. Il la passa, comme les précédentes, parmi des caisses abandonnées sur un quai du port. Là seulement il trouvait du repos. Les étoiles allumaient leurs veilleuses paisibles, des bateaux dressaient au loin leurs mâtures confuses. Entre la mer et le ciel il y avait un espace prodigieusement calme, visité par la brise. Le rythme du flot aidait à oublier la condition changeante de l'homme et le silence, très pur, fondait l'angoisse en mélancolie.

Dans cette atmosphère, Erchof sentait que l'être ancien revenait habiter en lui, l'être que l'arrivée des rouges avait délogé, non point l'ingénieur hors la loi, mais le Nicolaï Petrovitch ponctuel, volontiers rêveur, aimant les bons cigares, les conversations honnêtes, les vers de Pouchkine et les drames de Tchekhof. Il s'endormit presque heureux.

Mais quand le soleil trempa ses premiers rayons dans l'eau glauque, Nicolaï Petrovitch s'éveilla transi de froid et de crainte. Il n'avait pas mangé depuis tant d'heures que le souvenir de la nourriture lui était un supplice. Bien qu'il n'eût plus de forces, il fallait partir, car des matelots ivres rôdaient déjà sur les docks en quête de butin.

Erchof se dressa sur ses longues jambes mal affermies, jeta un regard d'adieu à sa retraite qui apparaissait précaire dans la rougeur du matin et se dirigea vers la ville.

Il vagabonda longtemps et sans but, préoccupé uniquement d'éviter les patrouilles. Enfin, vers midi, épuisé, il s'appuya contre le mur d'une maison. Le soleil, qui frappait crûment la chaussée, l'étourdissait. Il plongea sa tête dans ses mains et demeura comme pétrifié. Mais un bruit de pas et d'armes interrompit encore ce repos misérable. L'ingénieur se remit à marcher, soutenu seulement par l'instinct de vivre, car il sentait qu'il tomberait évanoui s'il s'arrêtait.

Bientôt aucune peur n'habita plus son cerveau trouble, aucun désir non plus. Il était à cette limite d'épuisement où le monde extérieur n'est plus qu'un mélange confus et vain de bruit, de couleurs, de lignes et perd toute emprise, toute résonance. En passant devant une glace de magasin qu'avaient épargné pierres et balles, il aperçut vaguement un homme courbé, au visage enduit d'une matière terreuse et rousse — sa barbe — et au cou sec comme une tige surchargée d'une monstrueuse protubérance. Il ne se reconnut point.

Souvent il butait contre des cadavres et, enviant confusément leur immobilité, pris du désir de s'étendre auprès d'eux, il hésitait.

À un tournant de rue il heurta un passant qui le considéra avec une attention surprise. Erchof le dévisagea de ses yeux morts et poursuivit son chemin, mais l'autre, après avoir battu les environs d'un regard prudent, cria :

— Erchof !

L'ingénieur n'entendit pas ou sans doute ne comprit pas.

— Nicolaï Petrovitch, insista l'autre.

L'habitude fut plus forte que l'hébétude et Erchof se retourna. Des souvenirs grouillaient péniblement dans son cerveau sans parvenir à soulever le rideau opaque dont l'avaient couvert la fatigue et la terreur. Il articula, ses lèvres embarrassées découvrant des gencives blêmes :

— Vous m'appelez ?

— Nicolaï Petrovitch, voyons, reconnaissez-moi donc. Anissine, votre ami, le docteur Anissine. Mais ne tremblez pas ainsi, mon petit, vous allez tomber, encore un peu de courage.

Et serrant vigoureusement le bras de l'ingénieur, il l'entraîna.

II

Tous ceux qui fréquentaient le docteur Anissine l'aimaient. Cet homme grand, gros et chauve, au vaste front où perlaient toujours quelques gouttes de sueur, avait dans ses yeux étroits et sur ses lèvres épaisses une finesse et une naïveté qui séduisaient. Il dirigeait un asile d'aliénés et son commerce quotidien avec les fous lui avait donné une tendresse pénétrante pour le commun des hommes.

Les rouges n'avaient pas inquiété Anissine, car les médecins étaient rares et le Soviet les ménageait. Mais il avait vu se dérouler la chasse aux bourgeois et lorsqu'il rencontra Erchof, il comprit que l'ingénieur, s'il n'était secouru, n'échapperait pas à la mort.

Anissine connaissait de longue date Nicolaï Petrovitch. Ils se retrouvaient chaque soir au même club où, après avoir joué au whist, ils discutaient jusqu'au matin avec cette volupté de parler à laquelle les intellectuels russes emploient leurs forces les meilleures. Une amitié s'était ainsi établie entre eux, dont Anissine ne sentit la solidité qu'à l'émotion qui s'empara de lui à la vue du visage décomposé de l'ingénieur. Et malgré le risque de l'entreprise, Anissine résolut, pour tenter de sauver le malheureux, de le cacher dans la maison des fous.

L'asile comprenait une série de petits pavillons semés dans un parc tranquille que le soir, lorsqu'ils arrivèrent, commençait à couvrir de cendre. Des lumières donnaient aux fenêtres une transparence dorée et des infirmiers en blouses blanches moirées d'ombre foulaient silencieusement le gazon. Une vaste paix dormait dans ce coin oublié par le tumulte de la ville et même les barreaux qui grillaient les pavillons réservés aux fous furieux, s'estompant à l'approche de la nuit, semblaient de vagues rayons bruns tracés sur les murs. Malgré son affaissement, Erchof parut goûter le calme de l'asile.

Il murmura :

— C'est bien ici. N'allons pas plus loin.

— Attendez, attendez, Nicolaï Petrovitch, mon petit, répondit Anissine, heureux de l'entendre parler. On vous soignera bien et vous vous remettrez.

Quelques jours après, rien ne rappelait plus dans l'aspect de l'ingénieur l'être traqué qui avait erré dans une demi-conscience à travers la ville. Seuls des sursauts nerveux et des frissons dans les paupières marquaient les heures qu'il avait vécues sous le souffle de la mort.

Il était vêtu maintenant de la blouse des infirmiers, qu'Anissine avait jugé être pour son ami la meilleure des sauvegardes et, afin de ne point attirer des soupçons chez le personnel, le docteur avait chargé Nicolaï Petrovitch de surveiller un maniaque jeune, intelligent et triste, dont les yeux misérables étaient décolorés par une angoisse inapaisable, car ils voyaient partout la mort. Elle était dans sa chambre, cachant derrière les rideaux son rictus; ses mains flétrissaient les fleurs du parc; elle guettait à l'ombre des arbres, dans l'éveil du matin, dans les mornes nuits et souvent le jeune homme apercevait sa silhouette figurée par les branches que pétrifiait le clair de lune.

Erchof s'était attaché à lui. Il aimait la finesse de ses traits, la langueur de sa voix et dans son regard, au lieu de la crainte animale des autres fous, une épouvante plus haute. Cela ne suffisait pas cependant à expliquer la satisfaction morbide qu'il éprouvait à l'observer et à lui parler. Il sentait entre ce monomane et lui un lien dont il ne parvenait pas à saisir la nature, mais qui venait du souvenir, vivant en sa mémoire obscure, des journées où la compagne sinistre du fou, la mort, n'avait cessé de vagabonder auprès de lui. Et le

Les deux fous

fait de la retrouver dans le regard d'un autre alors qu'il en était délivré, lui procurait une volupté pénétrante.

L'ingénieur conversait un soir avec le jeune homme lorsque Anissine entra dans la chambre. Sa lèvre inférieure frémissait et les gouttes de sueur qui tremblaient toujours sur son front étaient plus nombreuses et plus grosses.

Sans se préoccuper du malade, il dit :

— Nicolaï Petrovitch, ils viennent.

L'ingénieur comprit et murmura :

— Pourquoi ?

— Ils doivent se méfier. Un commissaire et vingt gardes seront là cette nuit ou demain matin. Je l'ai su par une indiscrétion. Vous ne pouvez rester ainsi, vous seriez reconnu sûrement et ce serait le poteau pour nous deux.

À ce moment le maniaque poussa une plainte stridente qui tordit nerveusement la bouche de l'ingénieur.

— *Elle* approche, cria-t-il. Docteur, chassez-la, elle me serre la gorge !

— Taisez-vous, fit Erchof d'une voix rude.

Et ses yeux luisaient d'une telle haine que le malheureux se tut.

La menace de la mort qui enveloppait de nouveau l'ingénieur lui avait d'un coup rendu odieux celui qu'elle hantait sans cesse.

Anissine conclut :

— Je ne vois qu'un moyen ; vous enfermer dans le pavillon des fous furieux. Mais tenez bien le rôle. Il y va de notre vie.

III

Dans la cellule où le docteur avait poussé Nicolaï Petrovitch régnait une obscurité complète. La fenêtre seule faisait une tache claire rayée par l'épaisseur des barreaux. Erchof instinctivement s'approcha d'elle et l'ouvrit. La fraîcheur nocturne caressa ses lèvres sèches ; peu à peu les battements de son cœur se ralentirent et une espèce de tranquillité instable lui vint. Il rêva quelque temps puis voulut examiner la pièce qui devait l'abriter jusqu'à l'arrivée du commissaire. Mais, fouillant dans ses poches, il s'aperçut que le désarroi lui avait fait oublier ses allumettes. Il décida alors de faire le tour de la cellule. Les mains tendues, tâtant les murs, il avançait, lorsqu'une épouvante l'arrêta.

Un étrange bruit venait du coin de la cellule vers lequel il marchait. Grondement d'animal ou plainte d'homme, Erchof n'avait pu s'en rendre compte, mais de l'entendre subitement dans cette ombre épaisse, il s'était senti défaillir. Il recula en chancelant jusqu'au mur opposé et écrasé contre lui, écouta. Le silence de nouveau s'était fait dans la cellule. Il voulut croire que ses nerfs affaiblis avaient provoqué une hallucination, mais le doute lui était insupportable, et il marcha vers le coin d'où le son mystérieux lui avait semblé venir. Il n'avait pas fait un pas qu'un râle farouche s'élevait, le clouant sur place. Il écarquilla les yeux

Les deux fous

pour essayer de percer la nuit qui noyait la pièce d'un flot immobile et noir, mais il n'y parvint pas. Et le râle ne cessait point ; rauque, grinçant, brisé, il emplissait la cellule noire, assiégeait Erchof de sa menace.

Nicolaï Petrovitch pensa : « Un fou furieux ! Anissine s'est trompé, il m'a enfermé avec un furieux ! » Et sa terreur était telle que s'il n'avait craint de déchaîner la rage du dément, il se serait rué vers la porte et aurait appelé, au risque de tomber sur les gardes rouges. La mort, la torture, tout valait mieux que cette présence invisible, que le voisinage du fou, que ce râle qui faisait sombrer la raison, brisait les jambes et serrait la gorge d'une odieuse étreinte.

Soudain, il parut à Erchof que le furieux venait à lui. Nicolaï Petrovitch perdit tout contrôle sur lui et une clameur s'arracha de sa bouche :

— Arrière, arrière, ou je te tue, cria-t-il.

Pour toute réponse, il obtint un ricanement. Mais ce ricanement était plus lugubre que la nuit, que la peur elle-même. Il y avait en lui du sarcasme, de la haine, de la plainte et de la terreur. Il semblait sortir à la fois d'une bouche édentée de vieillard et de la gorge hystérique d'une femme. C'était la folie qui riait. Et comme s'il avait la fièvre, Erchof se mit à grelotter.

Oubliant où il était et à qui il parlait, il supplia :
— Tais-toi, pour l'amour de Dieu, tais-toi.

Mais l'autre continuait et Nicolaï Petrovitch avait l'impression que ce ricanement lui fendait le crâne, entrait dans son cerveau, et le sciait en lamelles étroites. Un instant même, il s'arrêta de trembler pour suivre ce travail. Mais, aussitôt, il pensa :

— Je deviens fou, je veux que cela cesse.

Il n'y avait qu'un moyen : se jeter sur le furieux, le maîtriser, étouffer dans sa bouche ce bruit maudit.

Alors commença dans les ténèbres une chasse fantastique. Erchof étouffant ses pas, roidi contre la répulsion, se dirigea vers le fou. Au moment où il allait le toucher, un souffle chaud lui frôla le visage et il sentit qu'un corps passait rapidement devant lui. Il s'élança, mais se heurta avec violence contre un mur matelassé, tandis que le dément lui échappait encore. Longtemps il le poursuivit ainsi. Le silence s'était fait et l'on n'entendait dans la cellule que le halètement des deux hommes. Parfois les contours de leurs têtes se dessinaient sur l'écran pâle de la fenêtre, mais disparaissaient aussitôt. Et dans la pièce obscure, la chasse reprenait, privée de points de repère, démente, et sans merci.

Enfin, l'ingénieur s'accroupit, le dos tendu, prêt à bondir. L'autre, décontenancé par cette manœuvre, marcha vers la fenêtre. Erchof, avec un cri étouffé, le saisit, l'étreignit, voulut le mordre à la gorge. Mais sa bouche n'arrivait qu'à l'épaule du furieux.

Nicolaï Petrovitch eut à peine le temps de penser : « C'est un géant », qu'un coup de poing le jeta par terre. Le choc fut si rude que l'ingénieur resta longtemps étendu à demi conscient. Mais après les minutes d'épouvante qu'il venait de vivre, cet état lui procurait une sensation agréable de détente et de calme fataliste.

Il entendait vaguement le fou remuer dans la cellule et n'en avait plus peur.

« Qu'il m'achève, pensait-il, je voudrais mourir. »

Mais l'autre, comme si sa fureur avait été apaisée par la lutte ne cherchait plus à attaquer, ne ricanait même plus. Une étrange sécurité s'empara de Nicolaï Petrovitch. Bientôt ses yeux se fermèrent... Il ne sut jamais s'il s'était endormi ou évanoui cette nuit-là...

Quand il reprit connaissance, il eut le sentiment pénible que quelqu'un le regardait fixement et se releva à demi. Il faisait clair dans la cellule ; le soleil, avec la justesse d'un archer merveilleux, envoyait à travers les barreaux de la fenêtre une flèche d'or qui s'émoussait contre les parois. Et l'ingénieur vit que son compagnon dément se tenait près de lui. Aussitôt, il se rappela les événements de la nuit et, avec une crainte d'enfant, épia le fou. Celui-ci était d'une taille vraiment gigantesque que sa maigreur faisait paraître plus haute encore. Il avait le corps souple des hommes que les exercices violents protègent longtemps contre l'épuisement nerveux. Son crâne rasé, son visage ferme et une cicatrice qui lui labourait le menton, firent supposer à l'ingénieur que c'était un ancien officier rendu fou par quelque blessure.

Erchof aurait voulu deviner l'humeur du dément dans ses yeux, mais il n'osait les regarder par crainte d'éveiller sa rage. C'est pourquoi il demeura immobile sous les prunelles qu'il devinait rivées sur lui.

Une autre anxiété naissait cependant dans la

pensée de Nicolaï Petrovitch. Les gardes rouges étaient-ils venus pendant son sommeil ? Anissine ne l'avait-il pas oublié dans la cellule, ou — hypothèse plus atroce encore et plus vraisemblable — n'avait-il pas été arrêté lui-même ?

Cette crainte étourdit Nicolaï Petrovitch, sa respiration s'arrêta et des cercles noirs dansèrent devant ses yeux. Qu'allait-il devenir si son ami était empêché de le délivrer ? Lui faudrait-il passer une nuit encore avec ce colosse ? Et combien d'autres jours, combien d'autres nuits ? Son angoisse lui faisait déjà envisager l'hypothèse comme une réalité et il ne voyait plus de terme à cet infernal voisinage. Il sentit qu'il ne pourrait pas supporter cette incertitude plus longtemps et se redressant sur les poignets, fouillant le regard du furieux, il demanda :

— Sont-ils venus ?

La voix rauque de l'ingénieur sembla effrayer le dément. Il recula d'un pas, ses mâchoires se contractèrent, le sillon de sa cicatrice devint violet et il esquissa un mouvement d'attaque. Bien qu'il connût sa faiblesse, Erchof se ramassa dans une pose de bête qui se met en défense, décidée à livrer son dernier combat. Les lèvres se retroussèrent et ses dents, qui étaient régulières et fortes, reluisirent vaguement. Un sourire féroce ravagea le visage du furieux.

Ils restèrent ainsi face à face à s'épier, l'un accroupi, l'autre immense et dédaigneux.

Peu à peu sous le regard du fou, Erchof sentait sa raison chavirer ; il lui semblait que son corps devenait vide et flasque. Quelques bribes de pen-

Les deux fous

sée qu'il tâchait désespérément de lier le défendaient encore contre la folie.

Mais la serrure de la porte grinça.

— *Eux*, balbutia Erchof.

Comme un écho à ce réflexe, retentit le hululement par lequel le fou saluait les arrivants. Puis une convulsion le tordit et crachant de l'écume, il lança son énorme corps à travers la cellule dans un tourbillonnement frénétique.

Alors dans cette atmosphère de démence, travaillé depuis la veille par une double épouvante, Erchof n'eut presque pas besoin de simuler. Il se roula sur le sol, mordit les parois matelassées, ses bras désarticulés frappaient le vide et, de sa bouche tordue, s'échappa en cris discordants son angoisse. Il clama sa plainte d'animal aux abois, la plainte de la vie menacée qui désespère et pleure et supplie.

Dans le corridor, flanqué d'une douzaine de gardes rouges, le commissaire immobile contemplait les deux fous.

C'était un jeune homme maigre, blafard, dont les yeux embusqués derrière des lunettes, avaient un éclat froid et qui portait un revolver en bandoulière. Au bout de quelques instants il dit doctoralement à Anissine qui l'accompagnait :

— J'espère que bientôt nous aurons l'ordre de nettoyer ces déchets bourgeois. C'est une économie nécessaire.

La porte se referma et longtemps encore retentirent les gémissements des fous.

IV

Des mois s'écoulèrent. Erchof déguisé en moujik avait pu gagner Sébastopol.

Dans la ville chaude que léchait doucement la mer sa santé s'était raffermie et ses nerfs que l'épouvante d'Odessa avait ébranlés reprenaient leur jeu normal. Il flânait un jour sur la côte, la pensée absente, engourdi par la tiédeur amie du crépuscule. Le soleil disparaissait dans une chute insensible, brochant de carmin le velours violet du ciel.

Erchof laissait errer ses yeux sur les dalles de la promenade, lorsqu'il sentit un malaise le gagner. Il n'y prêta point attention d'abord. Mais l'inquiétude était tenace et chassait sa béatitude diffuse. Comme il s'en demandait la raison, il remarqua que ses yeux fixaient obstinément une ombre parmi les autres ombres que le soleil mourant allongeait sur le sol, une ombre immense et dégingandée. Sans savoir pourquoi, Erchof frémit et se retourna :

Derrière lui, à grands pas souples, marchait un homme dont le visage lui était terriblement familier. Il avait beau être tranquille, ce visage, l'ingénieur le reconnaissait. Il savait que ces lèvres paisibles pouvaient se déchirer dans un rictus sauvage et hurler des plaintes insensées, que ces yeux clairs celaient des flambées démentes, que ce corps d'apparence saine était voué aux convulsions. C'était le furieux de l'asile d'Odessa. Il avait dû s'échapper, venir à Sébastopol où l'on ignorait son mal et errait maintenant en liberté.

Toutes ces pensées chevauchèrent ensemble dans le cerveau de l'ingénieur tandis qu'il restait interdit devant cette apparition. Mais l'autre s'était arrêté aussi et dans ses yeux passait une épouvante qui semblait le reflet de celle d'Erchof. Et comme dans la cellule démente, face à face, ils se dévisagèrent.

Pourtant la mer mêlait son apaisante mélodie au bruissement protecteur de la ville et dissipait l'angoisse des deux hommes. Une curiosité saine brillait dans leurs prunelles et leur étonnement mutuel était si visible que soudain ils comprirent. Ils n'étaient fous ni l'un ni l'autre, mais à tous deux la cellule de l'asile avait sauvé la vie. Et dans la détente commune de leur émotion, sans dire un mot, les deux «furieux» s'étreignirent avec des larmes et des balbutiements.

La croix

Il était près de deux heures du matin. La petite ville lettone, située à quelques verstes de la frontière russe, dormait sous les étoiles froides.

Une pénombre enrichissait de mystère et de charme le cabinet particulier, aux meubles pauvres, où des amis m'avaient entraîné. Dans le mur de notre petite pièce un panneau de verre permettait d'apercevoir le caveau de nuit où spéculateurs, étrangers et policiers venaient clandestinement boire des liqueurs françaises fabriquées en Allemagne et danser avec des compagnes d'occasion. L'orchestre, mené par un violoniste qui avait l'air d'un prince désenchanté, jouait des fox-trot de New York, des valses de Munich et des airs tziganes, torture savante des nerfs, langueur faisandée, joie hystérique. Dans le champ de vision ménagé par le panneau transparent passaient des jeunes femmes, belles pour la plupart, de maintien réservé, aux yeux mélancoliques — réfugiées russes que la faim jetait dans les bras des hommes.

L'atmosphère était d'ivresse lourde, de plaisir facile quoique secret; elle s'infiltrait dans notre retraite où entrait, accompagné de camarades sûrs, un pâle et grand garçon qui venait de passer la frontière.

Il s'assit à notre table sur laquelle fumaient des verres de thé bouillant et que chargeaient des bouteilles de champagne. Tandis que notre conversation, interrompue par son arrivée, reprenait, il déboucha posément l'une d'elles, et se mit à boire. Parfois il s'arrêtait dans une sorte d'anéantissement douloureux, puis saisissait de nouveau son verre.

Peu à peu ses yeux se décoloraient. Une convulsion faisait trembler ses joues. Soudain il se mit à parler et sa voix découvrait une souffrance si grave qu'elle fit taire aussitôt tout murmure dans notre cabinet. Et le bruit de l'orchestre lui-même sembla mourir.

Voici ce qu'il nous raconta.

Je fus arrêté à Pétersbourg lors de la révolte de Cronstadt. La terreur, dont le rythme s'était atténué, reprit sa violence des époques troubles. On eût dit qu'une chienne sauvage venait d'être déchaînée à travers la ville. On la sentait rôder aux portes des maisons et dans les rues. Au-dessus de la capitale la rumeur de la canonnade proche était suspendue, mais les passants feignaient de n'y prêter aucune attention. Comprenez-vous le degré d'asservissement que cette peur représentait ? Le souffle de l'insurrection — peut-être de la liberté — grondait sur les têtes et les gens, comme sourds, tâchaient de comprimer l'espoir qui faisait battre plus vite leurs misérables cœurs! Car il ne fallait pas que les espions répandus partout aperçussent un éclat de joie sur les visages.

Est-ce pour n'avoir su dissimuler un tressaillement d'espérance que je fus emmené, est-ce pour autre chose? Je jure Dieu que je n'en sais rien. D'ailleurs cela n'a point d'intérêt puisqu'il ne s'agit pas de moi dans l'histoire que je vous raconte.

Quand deux soldats me poussèrent dans la salle dite préventive, il était plus de minuit. Une blême ampoule qui brûlait au plafond laissait voir un fouillis de corps étendus au hasard sur des planches.

Longtemps je n'osai bouger, examinant la pièce. Elle était vaste et me semblait immense à cause de l'ombre qui se ramassait dans les coins et de la lumière blafarde qui brisait les lignes. Des hommes dormaient, la tête enfouie dans leurs bras et l'on ne voyait que la tache sombre de leurs cheveux; d'autres remuaient sans cesse comme des larves. La confusion de leurs membres mêlés, mon cerveau fatigué, la clarté fantomale me faisaient voir dans ces corps des manchots, des bossus, des décapités...

L'épuisement nerveux de ma journée m'accabla soudain. Sur un grabat où il n'y avait que deux dormeurs, je m'étendis... Du corridor arrivait le bruit cadencé des pas de la sentinelle... De vagues gémissements flottaient dans la pièce, que mes compagnons murmuraient. Je partageai bientôt leur rêve fiévreux.

Quand je m'éveillai de mon sommeil brisé, une

clarté sale venait des fenêtres et un grouillement confus, emplissait l'étroite ruelle ménagée par des lits serrés les uns contre les autres au point de former une sorte de grabat continu. Des heures passèrent sans que j'eusse le courage de remuer; le temps lui-même semblait, dans cette chambre maudite, privé de vie. À intervalles irréguliers la porte s'ouvrait et un prisonnier était appelé chez l'enquêteur. Cela ne troublait personne et que le malheureux revînt plus joyeux ou plus pâle, il retrouvait l'indifférence qui avait salué son départ.

Pourtant lorsque le surveillant, déjà ivre, hurla :
— Speranski, en ville, avec tes affaires !

La prison entière répéta ce nom et l'homme désigné le cria lui-même avec une joie frénétique.

Je demandai à un voisin ce que cet appel signifiait. Il me répondit :
— C'est à midi qu'on libère les chançards, le diable les emporte.

Il avait dans la voix une telle expression d'envie bestiale que je frissonnai de dégoût et aussi, à vrai dire, de la crainte d'être amené moi-même, un jour, à partager ce sentiment.

Pour fuir cette pensée, je me mis à étudier mes compagnons avec une attention passionnée. Je n'appris que plus tard à connaître leurs noms et leurs métiers, mais déjà l'étonnant mélange de leurs physionomies, de leurs vêtements, de leur maintien, me frappa. Il y avait là, côte à côte, des torses puissants et des crânes rasés de manœuvres, des regards fuyants de spéculateurs, des mains fines d'intellectuels, des joues desséchées et tremblantes d'anciens fonctionnaires, des voix arrogantes de Tchékistes, que sais-je encore? tout ce que peut donner un coup de filet jeté dans le monde du travail, des affaires, de la conspiration, de la corruption et de l'innocence.

Cependant une ressemblance marquait ces visages disparates: l'inquiétude. À mesure que l'heure avançait, elle devenait plus fraternelle, plus tragique. Ces hommes n'arrivaient point à trouver le repos. Les doigts se crispaient, des tics nerveux brisaient les figures. Quelques-uns parlaient tout seuls, d'autres marchaient à tour de rôle dans la ruelle. Et plus diminuait la lumière, plus cette fébrilité devenait exaspérée, insupportable. Les yeux se dilataient d'épouvante ou se rétrécissaient comme s'ils n'osaient plus voir; les prunelles tour à tour brillaient, s'éteignaient, devenaient profondes, profondes, puis vides soudain.

C'est dans cette atmosphère d'angoisse que l'ampoule du plafond s'alluma. D'un lit partit un gémissement que d'autres bouches reprirent. Aussitôt ce fut dans toute la chambre une vaste plainte. Elle traînait sans arrêt, en une modulation de terreur, râle tenace et bas qui pénétrait toute ma chair, submergeait ma pensée, ma volonté, ma répugnance et qui me força bientôt à gémir comme les autres. Oh! le mortel hurlement de bêtes en détresse, ce halètement suprême devant le bourreau qui guette! ceux qui ne l'ont pas entendu ne comprendront jamais ce qu'il signifiait. Jamais non plus ils ne comprendront le silence qui écrasa toutes les poitrines à l'appel qui retentit, le même pourtant que le matin:

— Un tel, un tel, un tel... en ville, avec vos affaires!

Je devinai alors que cet appel était, suivant les heures, la voix de la délivrance ou celle de la mort et désormais je ne vécus qu'au gré de ce rythme fatal.

Mais une nuit vint troubler la passivité douloureuse de mon existence. On amena dans notre chambre un nouveau captif. Ce fut le même tableau qu'à mon arrivée. Des corps se dressèrent, des plaintes et des malédictions animèrent l'ombre, puis ce fut le silence et l'homme — comme je l'avais fait — se tint immobile. Le souvenir des premières minutes que j'avais passées dans la prison me disposant à la pitié, je l'appelai.

Il vint à ma couchette et me dit:

— Merci de me tirer d'embarras, camarade, je m'excuserais de vous déranger si je n'étais aussi ravi de faire votre connaissance.

Cette politesse tranquille et narquoise m'émut davantage que ne l'aurait pu faire la plus chaleureuse expression de gratitude. Elle était comme un souffle hardi dans cette prison qui suait l'angoisse et la dégradation. Elle me rappelait que j'étais un homme et que j'avais un homme près de moi. Je serrai fortement la main fraîche de mon compagnon et eus honte de sentir que la mienne était moite.

— Permettez-moi de me présenter, dit-il: Andreï Sergueïevitch Ibanef, auteur dramatique, jamais sifflé parce que jamais joué.

Je me nommai. Alors seulement il s'assit sur mon grabat et m'offrit une cigarette. La fumée s'envola, grise, au-dessus des prisonniers étendus. L'ampoule distribuait sa lueur avare et si quelque dormeur esquissait un mouvement, une ombre démesurée et pâle dansait sur les murs.

— Elle est assez sinistre, votre boîte, dit Ibanef au bout de quelques instants.

Je ne répondis rien, tâchant de distinguer les traits de son visage. Mais ils se fondaient en une tache imprécise. Seules les lèvres se dessinaient par intermittences lorsqu'il tirait une bouffée de sa cigarette. Elles étaient glabres et d'un ferme dessin. Une fente sanglante les creusait au milieu.

— Un souvenir que lui ont laissé les tchékistes en l'arrêtant, pensai-je.

Mais je ne lui en parlai point pour ne pas briser le silence qui nous unissait mieux que toute conversation. Nous nous endormîmes côte à côte.

Dès le matin suivant j'appris à mieux connaître Andreï Sergueïevitch. Comme le surveillant Peniak, ivre à son ordinaire, le bousculait, Ibanef le saisit aux épaules et lui dit lentement :

— Écoute, fils de chienne, la prochaine fois que tu te permettras de me toucher, je te casse la figure du poing que voici. Et regarde-moi, tu verras si je mens. En attendant, comme tu as malgré tout une bonne gueule et que je ne suis pas un mauvais diable, prends une cigarette.

Et Peniak l'ivrogne, Peniak la brute, murmura comme halluciné :

— Merci, Votre Noblesse.

Et ne continua pas sa visite ce matin-là.

Andreï Sergueïevitch me raconta sa vie. Il parlait avec abondance et mesure. Tout prenait chez lui un tour rythmé, ironique, charmant. Sa voix unie, par des nuances fugitives, donnait aux mots une valeur imprévue.

Ici notre invité s'arrêta, remplit jusqu'aux bords sa coupe et se penchant sur elle demeura pensif. Le bruit de l'orchestre envahit brutalement le cabinet particulier. Bientôt, le jeune homme, son regard toujours perdu dans le champagne doré, reprit :

— Il me semble que là, en ce liquide généreux et clair, je vois encore le sourire d'Andreï, douloureux sourire qui faisait perler parfois sur ses lèvres fendues des gouttelettes de sang. Je vois aussi ses cheveux d'un blond très doux et ses yeux de grandeur inégale, d'un bleu strié de gris, bons, moqueurs, et surtout jeunes, anxieux de voir, de retenir, d'aimer. Il en émanait une tranquillité forte qui se répandait à tout son corps, solide comme un jeune arbre.

Ibanef me dit son enfance passée dans une petite propriété aux environs de Toula, son adolescence de chasseur et de poète, ses trois années de guerre, en Galicie et sur la Dvina, achevées sans une blessure. Je me souviens qu'il termina ainsi :

— Vous voyez que j'ai de la chance. D'ailleurs, depuis octobre 1917 j'ai été arrêté trois fois. On m'a toujours relâché, bien que je n'eusse pas toujours la conscience nette.

— Et maintenant? lui demandai-je.

— Oh! maintenant, je suis d'une innocence immaculée. Ils m'ont pris pour faire nombre, je pense.

— Alors, vous avez bon espoir?

— Ni oui, ni non. Leur machine de terreur est complètement folle. Elle gracie ou tue au hasard. J'avais un ami qui s'appelait Ermolief et qui a été fusillé pour un Ermolof. Vous voyez...

Quand la nuit tomba nous étions liés de cette amitié fraternelle qui ne se forge qu'en présence de la mort.

Je ne sais pas comment il s'y prit, la chambrée entière l'aima. Les surveillants et les soldats de garde eux-mêmes le traitaient avec une sorte de joie respectueuse, de grossière tendresse.

Aussi, lorsque Peniak vint un matin chercher Ibanef pour le conduire chez l'enquêteur, tous les captifs attendirent-ils son retour avec une anxiété qui ne leur était pas familière, car rien d'égoïste ne s'y mêlait. Une heure s'écoula, qui me parut la plus interminable de toutes celles que j'avais vécues en prison. Enfin, Ibanef apparut. De tous les côtés, la même interrogation jaillit :

— Eh bien? Que s'est-il passé?

— Mais rien du tout, mes amis, dit Andreï Sergueïevitch. On m'a posé des questions que tous vous avez déjà entendues, j'y ai répondu de mon mieux, voilà tout.

Il paraissait aussi calme que d'ordinaire, mais à la façon lasse dont il vint s'asseoir près de moi, je compris qu'il n'avait pas dit la vérité. Je le pris par l'épaule et murmurai :

— Allons, racontez, Andreï.

Ibanef me regarda, se demandant s'il devait parler.

— Mon expérience pourra toujours vous servir, fit-il enfin, et vous éviter certaines surprises. Quand j'entrai dans le bureau de l'enquêteur, j'avoue que je ne pus retenir un juron, car je venais de reconnaître dans l'homme qui allait m'interroger un de mes anciens camarades du front, Gornef, ex-officier de la Garde, que je voyais souvent ici encore et que j'aimais. Je le prévins aussitôt que je ne ferais aucune déclaration et qu'il savait sur moi tout ce qui pouvait l'intéresser. Il eut un sourire ambigu et dit :

— Sur vous, oui, mais pas sur N..., par exemple, avec qui vous êtes fort lié et qui nous est suspect dans l'affaire de Cronstadt. Nous comptons sur vous pour nous renseigner.

«Comme je ne répondais rien il continua, très affable :

— D'ailleurs, mon cher Andreï, vous auriez tout avantage à entrer dans nos services. L'occasion est belle. Réfléchissez en outre que si vous n'acceptez pas je suis obligé de vous impliquer dans l'affaire N..., ce qui n'est pas sans danger.»

Ibanef tout à coup se mit à rire franchement.

— Je crois, poursuivit-il, que je perdis à ce moment tout contrôle sur moi et que je traitai cet animal en termes que je m'en voudrais de vous rapporter. Lui ne s'émut point, sonna, et je vis un soldat introduire dans le cabinet... ma mère et ma sœur. Gornef me dit doucement :

— Ces dames sont *encore* libres, cher Andreï, et je les ai convoquées pour vous prier d'être raisonnable.

« Ce qui se passa ensuite ne vaut pas la peine d'être raconté, mais je sais que même pour reconquérir ma liberté je ne consentirais pas à renouveler cette entrevue où ma pauvre mère tremblait de me pousser par un mot à la trahison ou à la mort. »

C'est à partir de ce jour qu'Andreï Sergueïevitch dormit mal et que sa gaieté devint tendue, moins vivante. Je pense qu'il craignait sans cesse de retrouver dans le bureau de Gornef sa mère ou sa sœur, et que cette angoisse l'empêchait de se contrôler aussi parfaitement qu'il l'avait fait jusqu'alors.

Aussi ne put-il plus cacher le malaise nerveux que lui causait Marga, la femme bourreau. J'ai oublié de vous parler, je crois, de ce personnage, qui visite pourtant mes plus hideux cauchemars. Marga, venue d'un hameau letton, avait servi avant le coup d'État comme domestique, puis avait été nommée à un Soviet quelconque et, ayant reçu de l'avancement, bourreau à la Tchéka. Sa silhouette, vêtue d'une vareuse et d'un pantalon de cuir, était familière aux captifs car, subissant une étrange attraction, commune aux gens de son métier, elle venait passer ses heures vides parmi ses futures victimes. Elle s'adossait au mur et, lourde, silencieuse, fumait. Sa présence quotidienne était un des éléments d'horreur de notre vie.

Andreï s'était efforcé de ne lui accorder aucune attention. Mais maintenant lorsqu'il voyait ses cheveux filasse, coupés court, son front étroit, sa bouche lippue, ses épaules asymétriques, il frémissait d'une répulsion morbide. Une fois, il me confia cet involontaire aveu.

— Cette femme m'épouvante. Je ne savais pas jusqu'à présent ce qu'était la peur. Je suis sûr aujourd'hui qu'elle a le visage de Marga. Quand je pense que ces mains-là, molles et sales, peuvent me tuer un soir et qu'à mon dernier soubresaut ces seins flasques frémiront peut-être d'une odieuse volupté, toute ma chair se contracte, ma pensée vacille. Si cette femme m'achève, elle m'achèvera fou.

— Andreï Sergueïevitch, Andreï Sergueïevitch...

C'est tout ce que je trouvais à dire, tellement l'angoisse de cet homme fort m'écrasait. Le dernier souffle respirable de la prison s'était envolé...

Des journées passèrent. On appela souvent Ibanef chez l'enquêteur. Il revenait de son cabinet, les dents serrées, pâle et me disait: «Rien de neuf!»

À sa dernière visite, pourtant, Peniak qui l'accompagnait lui dit dans le corridor:

— La sœur de Votre Noblesse (le surveillant appelait toujours ainsi Ibanef) est enfermée ici. Elle m'a chargé de transmettre à Votre Noblesse cette croix. Elle demande à Votre Noblesse de prendre garde au petit bouton qui est au milieu.

La nuit même, Ibanef, avec un accent de triomphe me murmura:

— Camarade, la Lettone ne m'aura plus. J'ai du

poison dans la croix et, si les choses se gâtent, je ne crains plus rien.

Il réfléchit et ajouta :

— Pour plus de sûreté, quand j'irai à l'instruction, vous voudrez bien me garder l'objet, n'est-ce pas ?

Bientôt j'entendis sa respiration, plus régulière qu'elle ne l'avait été depuis longtemps.

Et le lendemain fut ce jour terrible où ma vie me paraît s'être arrêtée. Andreï se réveilla plus tôt que moi et quand j'ouvris les yeux il me prévint qu'il devait encore aller chez Gornef et qu'il me confiait la croix empoisonnée et précieuse. Il revint tout joyeux.

— Ma sœur est relâchée, me dit-il ; Gornef a dû voir qu'aucun chantage n'aurait réussi avec moi. D'ailleurs il a bâclé l'interrogatoire. Il en a nettement assez.

Nous bavardâmes l'après-midi. Personne ne vint nous interrompre que Marga. À son ordinaire, elle s'adossa à la porte et fuma en silence. Lorsqu'elle sortit, Andreï l'accompagna d'un regard de défi. Au même instant le soldat de garde cria la phrase fatidique.

— Ibanef, en ville, avec tes affaires.

Un vaste silence s'établit dans la pièce. Andreï s'était dressé à demi, ne comprenant point.

Le soldat répéta :

— Ibanef, en ville, avec tes affaires.

Un murmure de stupeur courut alors sur les grabats. Il faisait encore clair. L'heure de la libération était passée depuis longtemps, celle de l'exécution était loin d'être venue.

Aussi, tout interdits, nous ne savions s'il fallait trembler ou nous réjouir.

Andreï, seul, parut fixé.

— Gornef se venge, me dit-il, tout bas. Embrassons-nous, frère.

— Mais non, criai-je en le repoussant, car il me semblait que mon baiser était une condamnation. Vous n'êtes pas coupable, on vous délivre, voilà tout.

— Je sens bien que non, dit-il très calme.

— Ibanef en ville, avec tes affaires ! fit le garde une troisième fois.

Andreï, alors, cria d'une voix hardie :

— Adieu, camarades, gardez-moi un bon souvenir.

Il se dirigea vers la porte.

Je demeurai hébété ; au bout de la chambre des sanglots hystériques secouaient le silence.

Brusquement des pas précipités martelèrent le corridor et un soldat courut vers moi. Je crus qu'il venait me chercher également, mais lui cria :

— Ibanef te demande la croix qu'il t'a laissée ce matin.

Je fouillai dans mes poches et sentis aussitôt l'emblème sacré. Dans la joie qu'il avait eue en revenant de l'interrogatoire, Andreï avait oublié de me le reprendre. J'allais le donner au soldat lorsqu'une pensée me traversa, si aiguë, que je me sentis cloué par elle, comme par un javelot.

Le malheureux réclamait la croix pour se tuer. Et si pourtant il se trompait, n'allais-je pas, en lui envoyant le poison, l'assassiner ? Il était maître de sa destinée, mais moi, l'étais-je ?

Je bondis sur le soldat et, lui broyant les mains, je criai :

— Par le Christ ressuscité, par tout ce que tu as de plus cher sur cette terre, dis-moi, est-ce à l'exécution qu'on mène Ibanef?

Il me considéra stupéfait et répondit avec une évidente sincérité :

— Que je tombe sur place si je le sais. On ne nous dit rien. J'étais dans le couloir quand l'homme m'a demandé de venir te parler. Il faut même que je retourne vite ou il m'en coûterait chaud.

— Attends, attends encore un peu, suppliai-je.

Tout chevauchait dans ma tête ; Andreï, la Lettone, la croix. Quel parti prendre? Le laisser à la femme bourreau? Le laisser me maudire lorsqu'en face d'elle il sentirait sa raison défaillir? Ou le tuer à coup sûr alors qu'une chance restait pour sa libération.

Le soldat s'impatientait :

— Eh bien, l'as-tu cette croix? Il faut que je m'en aille.

Je ne sais pas comment je murmurai :

— Tu diras à Ibanef que je l'ai perdue et surtout qu'il me pardonne.

Le conteur se tut avec un rictus. La rumeur des violons bourdonna de nouveau dans notre cabinet particulier. À travers l'ouverture ménagée dans le mur nous aperçûmes une femme brune, les seins et le ventre nus, qui dansait avec superbe et mélancolie. Cependant le jeune homme murmurait comme pour lui seul :

— Je fus relâché quelques semaines après, sans un interrogatoire, aussi bêtement que j'avais été arrêté. J'ai tout fait pour apprendre ce qu'était devenu Andreï. Aucune nouvelle ne m'est parvenue sur lui. Et maintenant, comme à l'heure où j'interrogeais le soldat, je ne sais pas si j'ai évité la mort à mon compagnon fraternel ou si je la lui ai rendue atroce. Des amis m'ont fait passer la frontière, mais ici comme là-bas, la petite croix empoisonnée que je porte à mon cou m'étouffe.

Dans la salle commune l'orchestre jouait en rafale, la danse devenait ardente, un chœur de voix saoules et tristes la rythmait. Était-il ivre ou possédé, le jeune homme pâle qui, à notre table, la tête écroulée dans ses mains, répétait comme une complainte deux noms :

— Andreï, Marga...

Le caveau n° 7

I

Un soir que le soldat Ieremeï, relevé de la garde qu'il montait chaque jour devant la Tchéka, traînait à travers Tambof ses bottes éculées, il rencontra une femme dont les yeux l'arrêtèrent. D'habitude il ne prêtait guère attention aux jupes, trop occupé par son estomac vide pour penser à elles. Mais cette fois-ci, Ieremeï oublia sa faim, sa tristesse de moujik dépaysé et suivit la promeneuse.

Il regardait fixement les mollets charnus qui tendaient les bas de mauvais coton transparents et rapiécés, la croupe hardiment marquée par une démarche onduleuse, la nuque enfin, grasse et lisse, fort découverte. Le soleil d'été encore chaud mettait sur le cou de la femme une teinte crue qui en accusait la nudité et le soldat sentait comme une brume passer devant ses yeux.

Des passants les croisaient, l'air morne et pressé, les lèvres closes, l'œil inquiet. Il ne les voyait point, absorbé, envahi par une langueur frémissante et douce qui coulait par tout son grand corps. Il marchait plus vite que la femme, si bien qu'entendant un pas lourd derrière elle, elle se retourna brusquement. Ieremeï vit tout près ses lèvres fortes, son nez régulier, ses yeux d'un vert lourd, d'un vert dormant et il demanda, sans réfléchir, à voix basse :

— Comment t'appeler ?

— Agafia, répondit la femme, sans marquer d'étonnement.

Il ne sut rien ajouter et retira machinalement le bonnet de fourrure qui couvrait sa tête. Le soleil joua sur son crâne rasé que les racines des cheveux couvraient d'une poudre luisante et blonde. Elle évalua d'un regard expert sa vareuse trop étroite, ses bottes qui laissaient voir ses pieds nus, sa maladresse. Puis elle dit :

— Je me nomme Agafia, mais qu'est-ce que ça peut bien te faire ?

— Comme ça.

— Alors, adieu.

Il la vit s'éloigner, remit son bonnet, soupira profondément et rentra à la caserne.

Lorsqu'il eut touché sa ration de pain et de hareng, il alla rejoindre dans leur chambre commune Stéphane, un moujik de sa région, soldat lui aussi, et que la nostalgie de l'isba et des champs rendait à demi fou. D'ordinaire, mastiquant lentement, ils parlaient de la terre, des *babas*[1] aux grands fichus, du bétail, des récoltes. Ce soir-là pourtant, Ieremeï après avoir mâché avec peine son pain fait de paille et d'orge dure, dit à Stéphane :

— Je viens de voir une femelle, frère, une femelle.

1. Femmes de la campagne.

L'autre leva sur lui un regard triste de bête malade.

— On la nomme Agafia, continua Ieremeï. Elle a des yeux couleur de l'herbe au printemps.

Stéphane demanda :
— Elle est de chez nous ?
— Je ne sais pas.

Stéphane baissa la tête et se remit à manger. Tout ce que son camarade pouvait lui dire désormais d'Agafia ne l'intéressait plus. Ieremeï cependant continuait à penser tout haut :

— Elle m'a tourné le cœur, tu sais, frère. Je la vois tout le temps dans ma tête qui marche et je la suis. Seulement voilà. Je pense qu'elle est de celles qui s'amusent. Il faudrait de l'argent ou un beau cadeau.

— N'y pense donc pas, fit Stéphane en haussant les épaules. On n'a pas à manger et tu parles de cadeaux.

Ils se turent. Ieremeï s'approcha de la fenêtre qui donnait sur une cour étroite et profonde où l'ombre se condensait comme de l'eau dans un puits, tandis que l'aile du crépuscule caressait le ciel. Et son humble rêve s'évada par-dessus les toits lézardés, errant dans la ville trouble à la poursuite de la femme dont la silhouette l'avait tiré de son existence somnolente et lasse.

C'est ainsi qu'il demeura jusqu'à la nuit, dents serrées et poitrine lourde, dans son désir crispé.

II

Pour la première fois, en sa vie de moujik laborieux, soumis à la discipline de la nature qui dompte sous la même loi bêtes et gens, en sa vie de soldat qui se laissait conduire, passif, au combat, aussi bien qu'à la révolte, Ieremeï se trouva face à face avec le désir. Pour la première fois, en sa volonté assoupie se glissa quelque chose d'inconnu qui le força à réfléchir, à chercher, à lutter. Il en fut comme aveuglé. Des pensées confuses traînaient en son cerveau et avaient à soulever une sorte de carapace épaisse pour transparaître. Un travail sourd faisait craquer lentement tout ce qu'une longue torpeur avait accumulé en lui d'inerte, de résigné, d'immobile. Et dans sa face camuse, dont la placidité jusqu'alors ne s'était ébranlée que dans l'ivresse, il y eut une expression tendue, une flamme inquiète et mauvaise.

Or, la chance le visita. Un matin qu'il montait, comme toujours, la garde devant la Tchéka, il fut mandé par le chef de la prison, que les soldats appelaient familièrement Iliitch.

— Dis donc, camarade, veux-tu aider Timothé ce soir? lui demanda-t-il.

Ieremeï, sans répondre, regarda fixement le sol. Timothé était le bourreau de la Tchéka et les hommes n'aimaient point à avoir affaire à lui. Iliitch reprit:

— Il y a une grosse équipe à expédier et Timothé n'y suffira point.

— Ah! c'est donc pour ce travail-là! fit le soldat, à voix sourde.

— Ce n'est pas le plus mal payé, dit Iliitch tranquillement. Ration n° 1, et les vêtements des morts, sans compter ce que tu peux trouver dedans.

Avant d'avoir rencontré Agafia, Ieremeï n'aurait jamais discuté; il eût baissé le front, haussé les épaules et grommelé: «Ce qu'on me dira je le ferai. Ce n'est pas moi qui suis le maître.»

Mais à présent, tout ce qui se passait autour de lui se rapportait invinciblement à l'image de la femme, et dans l'offre du chef, il tâcha de distinguer ce qui pourrait le rapprocher d'elle.

Il dit, les yeux toujours plantés dans le plancher:

— J'aimerais mieux de l'argent. Une pièce de 10.000 roubles par exemple.

— Imbécile, fit Iliitch avec une douce commisération. Tu trouveras le double dans les frusques ce soir. Tu auras une douzaine de condamnés à toi tout seul.

Ieremeï resta muet quelques secondes encore, sans changer de pose. Enfin, il se décida.

— Entendu, chef, je ferai l'ouvrage.

— C'est pas malheureux. J'en connais qui n'auraient pas hésité comme toi. Alors, à six heures ici. Tu es libre jusque-là.

Ieremeï s'en alla tout droit à sa chambre, roula une cigarette dans du papier à journal, s'allongea sur son grabat. Les sourcils contractés, son front étroit couvert de petites rides, il essaya de voir les avantages qu'il tirerait de la proposition du gardien-chef. La pensée de ce qu'il avait à faire pour cela ne le préoccupait point. Tout se réglerait à six heures dans la prison. Et six heures, c'était loin... Avant tout, il importait de voir Agafia et de s'entendre avec elle pour le soir, car il aurait la femme cette nuit même, il le voulait, il le sentait au bourdonnement qui tambourinait ses tempes, à la faiblesse voluptueuse qui lui brisait les jambes.

Ainsi, il verrait Agafia dans l'après-midi, sur le boulevard qu'elle fréquentait, et lui promettrait beaucoup d'argent. Iliitch avait dit que les dépouilles valaient cher, et à la façon dont vivait le gardien-chef, Ieremeï pensait qu'il devait avoir une exacte notion des choses. Le difficile était de transformer immédiatement la prime en roubles, mais cela s'arrangerait, dût-il céder les hardes à vil prix. La journée s'établissait donc de la manière suivante : joindre la femme, traiter avec elle, attendre six heures... puis se débarrasser des vêtements, retrouver Agafia.

Il était encore plongé dans ces calculs, lorsque Stéphane rentra. Ils avaient l'un pour l'autre un sentiment primitif de bêtes appartenant à la même étable. Une habitude de se sentir les côtes en dormant, plutôt qu'une affection consciente. Ils aimaient à se retrouver, pour se confier les pensées qu'il ruminaient laborieusement au long de leurs occupations machinales. Mais cette fois, l'arrivée de son camarade troubla Ieremeï sans qu'il sût pourquoi. Son regard évita les yeux de Stéphane, et il ne se leva point pour lui taper dans le dos comme il le faisait à l'ordinaire.

Stéphane défit lentement son ceinturon où pendait le kolt réglementaire des tchékistes, puis de sa voix hésitante et naïve, il demanda :
— Tu n'es pas de garde aujourd'hui ?
— Comme tu vois, pays, fit Ieremeï maussade.
— Rien de mauvais au moins ?
— Non, je donne un coup de main à Timothé ce soir.

Il avait dit cela tranquillement comme tout ce qu'il communiquait à Stéphane, mais à peine eut-il prononcé la phrase, qu'il sentit que quelque chose se glissait entre son camarade et lui et qu'il lui devenait soudain étranger. Stéphane murmura :
— Tu vas aider le bourreau, c'est ça que tu veux dire ?

L'autre confirma d'un signe de tête. Un émoi subit bouleversa alors la paisible figure de Stéphane. Il s'approcha d'Ieremeï, se pencha sur lui et, bégayant, les yeux ternis de larmes, il se mit à le supplier :
— Ne fais pas ça, Ierocha, reviens à toi, Dieu te pardonne. Tu vas tuer des hommes, toi ? mais, est-ce que tu n'es pas chrétien ? Ierocha, tu perds ton âme. Mais si c'est pour mieux manger, je te donnerai ma portion, je suis moins fort que toi, j'ai moins besoin. Ne deviens pas un bourreau. Que va-t-on dire de toi au village, quand tu rentreras ? Ieremeï les mains rouges, voilà comment on t'appellera. Refuse, par le Christ, je te le demande. Ils en trouveront un autre. Pense à toi, pense à ton village.

Le soleil de midi entrait dans la chambre et

frappait le pauvre visage de Stéphane qui, dans la fièvre de l'imploration, de la pitié et de la foi, avait une humble grandeur.

Ieremeï le considéra avec une sorte de crainte et de haine. Qu'avait-il besoin, cet imbécile, de faire lever en lui des remords comme grenouilles dans une mare ? Il lui cria :

— Laisse-moi donc tranquille, tu ne comprends rien.

Il se leva et sortit, tandis que Stéphane reculait, évitant de le toucher.

III

Arrivé devant la Tchéka, Ieremeï éprouva tout à coup une gêne dans tout le corps. Il était venu jusque-là tranquille et joyeux. Après avoir trouvé Agafia et lui avoir fixé rendez-vous pour le soir, il avait flâné par les boulevards ombreux que la poussière couvrait d'une cendre chaude. Quand son instinct de moujik habitué à consulter le soleil lui dit que l'heure de la besogne convenue approchait, il s'était dirigé vers la prison. Et c'est là que, face au mur gris sale, percé d'un portail bas, il eut la gorge sèche et comme une difficulté à faire tourner son cou sur ses épaules.

À peine eut-il pénétré dans la cour, qu'il vit Timothé, le bourreau. C'était un homme de taille moyenne, avec un gros ventre, une longue barbe, des bras écourtés et qui avait l'air d'un commerçant sans méchanceté. Timothé s'avança vers lui et demanda :

— C'est toi qu'on appelle Ieremeï ?

En même temps, ses petits yeux, qui semblaient des lentilles mouillées et luisantes, rivaient leurs vrilles sur le visage du soldat.

— C'est moi, dit l'autre.

— Bien, bien. J'aurais mieux aimé mon aide ordinaire, mais il s'en va du choléra à cette heure-ci. Dis-moi, mon gars, as-tu déjà fait l'ouvrage ?

— Non, Timothé Ivanitch, jamais.

— C'est pas que ce soit difficile, mais il y faut la main et surtout le cœur. Enfin, je garderai les plus difficiles, ceux qui résistent ; à toi je t'enverrai les doux, les faiblards, ils seront déjà morts quand tu les prendras.

La langue d'Ieremeï remua malaisément dans sa bouche pour demander :

— Y en aura-t-il beaucoup ?

— Je t'en laisserai une douzaine. Il te faudra une heure à peu près pour les finir. L'important est de faire ça proprement, pour que le sang te rejaillisse pas dessus. Faut que tu les places assez loin et pas trop loin en même temps pour que le coup soit sûr. C'est affaire de mesure.

Ces conseils, débités d'une voix lente, avec des arrêts sur les mots essentiels, Ieremeï les entendait sans comprendre. Il se sentait la tête vide et les bras si lourds que les épaules lui en faisaient mal. Et, il ne savait pourquoi, le visage de Stéphane passait et repassait devant ses yeux.

Des recommandations du bourreau quelques

mots pourtant arrivaient à ses oreilles, dont il pénétrait le sens.

— La nuque, disait Timothé.

— La nuque, reprenait le cerveau d'Ieremeï, oui, je sais, c'est là qu'on tire.

— Les vêtements, disait le bourreau.

— Les vêtements, pensait Ieremeï. Je devais demander quelque chose à ce sujet.

L'image d'Agafia le tira de la torpeur où l'avaient précipité les premiers avertissements du bourreau. Dans un besoin instinctif de s'affirmer vivant, il souffla profondément, bâilla, étira ses bras qui craquèrent. Rassuré, il dit :

— Timothé Ivanitch, rends-moi un grand service. J'ai besoin d'argent pour ce soir, achète-moi les frusques que je recevrai tout à l'heure.

Le bourreau comprit qu'avec ce gars pressé l'affaire serait bonne. Et le marché fut conclu. Quelques secondes après on entendit le roulement d'un camion qui se rangeait devant la Tchéka. Timothé dit posément :

— Faut commencer, fiston. Le fourgon du cimetière est là qui attend. Viens que je te montre l'endroit.

Ils traversèrent la cour qui était assez large, s'arrêtèrent devant une petite bâtisse qui donnait accès aux caves. Timothé l'ouvrit, tendit la clé à Ieremeï et lui dit :

— Prends la cave, où est marqué le n° 7, et attends. Je vais te faire envoyer du monde.

Le soldat descendit les marches sur lesquelles des lampes électriques versaient une clarté dure. Il vit son ombre immense danser sur l'escalier et il eut peur, peur d'elle, peur du silence, peur de cette clarté immuable et inhumaine ; peur du caveau n° 7. Il y arriva cependant et sa main aux doigts lourds, insensibles, fit jouer la serrure. Sans grincement, avec une facilité surprenante et sinistre, la porte glissa. Ieremeï ploya ses épaules carrées, fit un grand signe de croix et pénétra dans le caveau.

À peine y fut-il, que sa frayeur se calma. Il n'y avait rien de surnaturel dans cette espèce de boîte carrée en ciment. Il regarda les murs : ils étaient gris, avec des taches brunes et percés de trous. Au milieu du plancher légèrement déclive, courait une mince rigole. Ieremeï tâchait de ne point la rencontrer des yeux, car il en avait compris l'usage et ne pouvait croire encore que le sang des hommes qu'il allait tuer s'égoutterait bientôt par là.

Il aperçut dans le coin, au fond, une banquette. Il s'y laissa tomber, plus las qu'après une marche de 50 verstes. Son kolt le gênant, il le décrocha et le considéra d'un regard stupide. À ce moment il y eut dans l'escalier un bruit de voix et de bottes. Ieremeï se dressa haletant, comme si c'était lui qu'on venait chercher pour le supplice. Deux soldats encadrèrent l'entrée du caveau, jetèrent à l'intérieur une forme humaine qu'ils avaient traînée jusque-là et refermèrent la porte.

Un silence étouffant d'une imperceptible durée, mais infini comme l'éternité pesa sur le caveau, et il semblait à Ieremeï que le monde entier n'aurait pas assez d'air pour sa poitrine contractée.

Le condamné se releva. Il était de haute taille, très maigre et dans la clarté fixe plaquée sur les murs de ciment, cette clarté sans un clignotement, sans un frisson, sans une ombre, sans vie, il avait l'air, avec la chemise dont il était seulement vêtu, d'un cadavre debout. Ieremeï le regardait sans pouvoir discerner ses traits qui flottaient, se fondaient, irréels et mouvants. Il ne voyait distinctement que le cou blanc où une pomme d'Adam aiguë saillait et qu'encerclait une mince chaînette d'or. Ce cou hypnotisait le soldat; inconscient, il leva le bras comme pour le toucher.

L'homme eut un brusque recul et porta les mains à sa gorge; ses doigts agrippèrent la chaînette. Un souvenir parut traverser sa pensée déjà éteinte et, arrachant le fil d'or avec le médaillon qu'il supportait, il le piétina en grondant:

— Pas ça, non! tu ne l'auras pas, assassin.

Puis il avança vers le soldat, tout près, à le toucher. Ieremeï saisit son revolver, l'appliqua sur la nuque chaude, ferma les yeux, tira.

Quand il vit le corps à ses pieds, il eut un ricanement étrange, s'assit sur le banc. Ses mains, d'elles-mêmes, sans qu'il sût comment, roulèrent une cigarette, et dans une torpeur maussade, comme si la vie avait désormais perdu tout sens pour lui, sûr de son métier de bourreau, il attendit les victimes suivantes.

IV

Agafia promenait sa lourde nonchalance sur le boulevard où Ieremeï l'avait pour la première fois rencontrée. Il lui avait demandé de l'attendre, là, vers la tombée du jour Les feuilles immobiles des peupliers portaient les reflets suprêmes de la lumière, la nuit s'amassait lentement dans les rues et menaçait le ciel teinté encore de ce bleu clair et pur qu'il a seulement aux calmes crépuscules d'été.

La femme marchait, ondulant de la croupe et la gorge tendue comme à l'ordinaire. Mais son esprit était tranquille, car sa nuit était assurée. Elle aspirait la douceur humide du soir, satisfaite d'être seule encore. La pensée de l'homme qui allait venir bientôt et la prendre lui était importune et elle imaginait pour quelques minutes qu'elle était libre, riche, et qu'elle errait sous les arbres pour son agrément.

Mais quand elle entendit les pas d'Ieremeï, elle n'eut aucun déplaisir, son âme étant passive et simple et son corps habitué aux caresses changeantes des hommes. Elle se retourna vers celui qui venait et le salua d'un sourire qui n'égayait point ses yeux.

— Tu n'es pas en retard, fit-elle.

Elle lui tendit ses lèvres, mais Ieremeï ne le remarqua point. Il murmura avec effort :

— Que Dieu soit avec toi, Agafiouchka.

Comme elle était très près de lui, elle aperçut que ses paupières avaient un étrange tremblement et que sa mâchoire inférieure, fléchissant, laissait la bouche entrouverte. Elle ne répondit rien et ils s'acheminèrent lentement vers son logement. Ils marchaient côte à côte, muets ; le soldat semblait avoir oublié qu'il avait près de lui la femme dont le souvenir l'avait hanté pendant des nuits et des jours. Obscurément froissée, elle voulut attirer son attention et lui prit le bras en disant :

— Tu as l'air triste.

Il tressaillit au son de cette voix profonde et rauque, regarda fixement Agafia. Dans l'ombre dorée du soir, son beau visage lourd avait une palpitation émouvante, les yeux étaient plus grands, la bouche plus mystérieuse. Il éclata d'un rire bref, la torpeur qui depuis l'exécution enchaînait sa pensée et son corps disparut ; il lui sembla découvrir de nouveau l'invincible attrait de la femme. Ieremeï enveloppa son buste d'un bras tremblant et dans la courbe charnue qui de la gorge allait à l'épaule il planta ses lèvres sèches avec la brutalité qu'il aurait mise à la frapper.

Puis, étourdi, il resta les yeux grands ouverts à respirer difficilement. Son haleine passa sur la figure d'Agafia qui murmura :

— Hé ! mais tu sens le vin, Ieremeï.

Il se rappela vaguement alors que, là-bas, lorsque tout avait été terminé, Timothé l'avait invité à prendre de la vodka et qu'il avait bu l'eau-de-vie ardente à même le goulot, à pleines gorgées, possédé par une soif d'alcool et d'oubli.

Il s'étonna avec simplicité :

— C'est vrai que j'ai pas mal bu. Je devrais même être saoul à l'heure qu'il est.

Il crut lire de l'envie sur le visage d'Agafia et un désir soudain le submergea de faire plaisir à la femme misérable, de l'entourer de tendres prévenances, comme un besoin obscur de bonté après son œuvre meurtrière. La commotion fut si forte que des larmes lui montèrent aux yeux. Il prit la main d'Agafia, la serra durement et proposa dans un sourire timide :

— Tu en veux peut-être de la vodka, toi aussi, petite ? Tu ne dois pas en voir souvent, pauvre. J'ai de l'argent, si tu sais où on peut en trouver, dis-le, n'aie pas peur.

Une animation fugitive passa dans les yeux d'Agafia ; elle considéra les traits simples et rudes du soldat.

— Tu ne me trahiras pas, toi, dit-elle pensivement. Je te mènerai là où il faut.

V

Quand ils entrèrent dans sa chambre, Agafia alluma une bougie. La flamme peureuse éclaira le lit de fer que la fatigue avait courbé en arc, le canapé couvert de cretonne verte tachée, un très beau fichu du Caucase qui étalait avec une singulière magnificence ses couleurs vives sur la table boiteuse, et de grandes ombres indécises dansèrent sur les papiers déchiquetés du mur.

Ieremeï, ayant posé sur la table la bouteille qu'il tenait, n'osait s'asseoir. Une grande timidité l'envahissait au seuil de son humble paradis. Il ne pouvait croire qu'il était dans la chambre d'Agafia et qu'il la prendrait lorsqu'il le voudrait. Toute sa besogne du caveau n° 7 lui paraissait moins difficile, moins grave, que les paroles qu'il lui faudrait prononcer, les gestes qu'il lui faudrait accomplir. La simplicité même de la femme était une barrière de plus. Elle avait pris deux verres, les rinçait dans le pot à eau placé près du lit et chacun de ses mouvements semblait éloigner d'elle le soldat.

Enfin, elle se laissa tomber sur le canapé, emplit les verres et appela d'un geste Ieremeï. Il avala le sien d'une lampée, pour mieux sentir l'âpre brûlure couler dans sa bouche; elle, buvait plus lentement, savourant le feu que versait chaque gorgée.

— Elle est bonne, n'est-ce pas? demanda la femme. On dirait de la Smirnovska.

Il acquiesça d'un signe, trop ému pour répondre.

Elle surprit son regard attendri, aimant, qui suivait chacun de ses gestes et pour la première fois un sourire véritable vint à ses lèvres, un puéril sourire de petite fille gourmande.

— Tu as de bons yeux, fit-elle. Et il y a si longtemps que j'avais envie de vodka.

Sa voix, son sourire surtout bouleversèrent Ieremeï. Il murmura indistinctement:

— Ma petite, ma pauvre, personne ne m'a été plus cher que toi!

Elle hocha doucement la tête, comme si elle avait attendu cet aveu, but encore un verre d'eau-de-vie. Soudain, avec une gaieté fébrile, elle s'écria:

— Tes habits ont une drôle d'odeur.

Il renifla une de ses manches et se souvint: elle sentait le caveau n° 7.

Les mâchoires contractées, il répondit:

— Ce n'est rien.

Le silence pesa sur eux, et Agafia, se levant, commença à se déshabiller.

Ieremeï s'était dressé, les yeux élargis, le cou rentré dans les épaules, les doigts tremblants. Agafia enleva son corsage. Dans la lumière confuse de la chambre ses seins apparurent, lourds, fermes, gonflés.

Plus rien n'exista dans la tête bourdonnante du soldat que le besoin de sentir la femme contre lui. Il la saisit à la nuque, l'attira, écrasa les pointes sombres de la gorge sur le drap rugueux de sa vareuse et la tint pressée, brisée, étouffée, dans une étreinte barbare où le goût de la destruction se mêlait à la volupté, car, au même moment, il avait vu, distincts et clairs, le cou et la pomme d'Adam aiguë de sa première victime. Elle se laissait faire, haletante, et dans ses yeux verts il y avait un appel et du dégoût...

Le ciel dans sa corbeille immense offrait les étoiles comme des fruits d'or. Ieremeï s'en allait par les rues sombres, ivre, il ne savait de quoi. Du sang versé ? Du désir assouvi ? ou de la douceur mortellement triste qui pleurait en lui lorsqu'il songeait au sourire enfantin qu'il avais surpris une seconde sur les lèvres d'Agafia ?

VI

Les coudes sur les genoux, le menton dans les mains, un mégot entre ses dents serrées, Ieremeï était assis sur le banc du caveau n° 7. Deux cadavres traînaient déjà sur le sol, dans une torsion que la mort même n'avait point réussi à apaiser. Un murmure lent, à peine perceptible, glissait tout le long de la rigole rouge.

Ieremeï ne songeait pas, ne sentait rien, ne bougeait point. Il semblait scellé au mur. Seule l'odeur fade, écœurante du sang, faisait plisser parfois les ailes lourdes de son nez. Dans son visage il n'y avait d'autre expression qu'une hébétude patiente et tragique.

La porte s'ouvrit une fois de plus et un être chancelant fut poussé dans le caveau. Le soldat ne changea pas de pose ; simplement sa main se tendit vers le revolver placé près du mur. Mais son bras resta suspendu et comme enchaîné, car Ieremeï avait regardé la nouvelle victime qui tremblait à quelques pas de lui et ses lèvres murmuraient déjà son nom :

— Agafia.

Il ne comprit pas d'abord la portée de sa découverte ; il avait tellement pensé à la jeune femme que son cerveau, lent à s'émouvoir, et engourdi par la torpeur du meurtre, ne parvenait point à saisir ce qu'il y avait pour lui d'horrible à la retrouver en ce lieu. Mais elle l'avait reconnu aussi et, d'un cri épouvanté, elle brisa le lourd enchantement qui tenait immobile la pensée d'Ieremeï.

— Agafia ! répéta-t-il en détachant les syllabes, A-ga-fia !

Cette fois, il s'était redressé à demi, laissant échapper de sa bouche la cigarette qui s'éteignit en grésillant dans le liquide visqueux répandu sur le sol. Comme libérés d'un sommeil sans rêve, ses sens prenaient un premier contact avec la réalité.

— Mais comment es-tu tombée ici? cria-t-il soudain.

Et sa voix contenait déjà l'épouvante que son intelligence ne parvenait encore pas à concevoir. Et ses yeux, qui d'ordinaire ne voyaient dans le condamné qu'une masse confuse où la nuque seule se détachait, ses yeux aveuglés par la lumière brutale des ampoules électriques, aperçurent enfin, en liaison avec son cerveau, Agafia dans le caveau n° 7.

Elle ne portait qu'une chemise largement échancrée et il reconnaissait la courbe des épaules, les lourdes attaches du cou, le creux ombré des seins. Il devinait le corps sous la toile rude, ce corps dont maintenant toute la chair palpitait comme sous le plus monstrueux des baisers. Et il demanda encore, mais très bas maintenant:

— Qu'as-tu fait pour être ici, malheureuse?

Lorsqu'elle avait reconnu Ieremeï dans le bourreau qui l'attendait, Agafia avait reculé jusqu'au mur, les bras projetés en avant dans une parade instinctive. Elle s'était laissé porter jusqu'au caveau, à demi éteinte déjà, sans révolte et même sans crainte. Mais la mort devait avoir un visage anonyme et faire partie de cet immense organisme qui l'avait emprisonnée, condamnée, sans qu'elle y connût personne. En apercevant des traits familiers dans la salle d'exécution, le souvenir et surtout le goût de la vie lui étant revenus, elle se sentit étouffer de terreur. C'est alors qu'elle avait poussé le cri qui avait tiré Ieremeï de son inconscience.

La voix du soldat, lente, égale, avec son intonation paysanne, la calma un peu. Détendue, la volonté abolie, elle répondit docilement :

— Je faisais passer de la fausse monnaie, j'ai été prise, on m'a enfermée, et puis ce soir on est venu me dire de me déshabiller... Voilà.

— C'est tout ? Non, il y a quelque chose qui ne doit pas être comme tu le dis. Raconte.

— C'est tout comme je te le dis.

— Ce n'est pas possible, raconte, n'aie donc pas peur.

Il trouvait l'histoire trop simple ; il aurait voulu des complications inextricables, infinies, un long, long récit qui lui aurait permis de réfléchir et qui lui aurait fait gagner du temps devant lui-même, qui aurait retardé la minute où la fatalité allait se dresser, infranchissable comme la porte du caveau et verrouillée comme elle.

Mais Agafia répéta :

— C'est tout comme je te le dis. Il n'y a rien d'autre, par le Christ.

La minute sans issue était arrivée. Il fallait se livrer au destin. Ieremeï poussa un long gémissement.

— Mais alors, qu'est-ce que je vais faire, moi ? Mais alors, il faut que, moi, je te tue ? On t'a amenée ici dans mon caveau, il faut que je te finisse. Sinon, c'est moi qu'on tuera. Et puis je suis payé pour ça.

Un ricanement de fou tordit ses lèvres aux commissures écumantes. Dans sa cervelle simple, il percevait maintenant seulement, et à la suite de sa phrase proférée au hasard, la dérision monstrueuse du sort.

Il tuait pour Agafia, il dénombrait les victimes par les baisers que leurs hardes lui permettraient d'acheter à la femme. Et voilà que c'était elle qu'il fallait tuer. Il songea un instant à la pauvre robe d'Agafia qui se trouvait déjà parmi les dépouilles mortuaires. Cette vision l'ébranla d'une secousse si rude qu'elle le fit tituber, comme ivre, à travers le caveau et trébucher sur un cadavre. Il eut un juron furieux, rejeta d'un coup de botte le corps inerte. L'odeur du sang frais monta plus forte et Agafia murmura malgré elle, possédée par un trouble souvenir:

— C'est donc ça la drôle d'odeur que tu avais l'autre fois. Tu venais ici.

Ieremeï, broyé de souffrance confuse, de pitié brutale et par quelque chose de plus puissant qu'il ne définissait point encore, crut deviner un dégoût dans les paroles de la femme. Cela l'emplit d'une rage désespérée. Il la saisit aux épaules, et, plantant son regard dans les yeux atones, il gronda en tremblant:

— Ah! je te déplais, Agafia! Ah! l'odeur de ma peau te fait mal au cœur! maudite! c'est pour toi qu'elle pue le sang ma peau, c'est pour toi que j'ai cassé la tête à ceux-là, tiens, et à d'autres encore. Je ne pensais pas à l'argent avant de te connaître, j'en avais pas besoin, je voulais rentrer chez nous, mais je t'ai vue, tu m'as envoûté et on ne t'a que pour de l'argent. La première fois, tu m'as ri au nez, tu es partie, tu n'as pas voulu de moi. Alors, pour t'embrasser, j'aurais fait n'importe quoi. Et j'ai damné mon âme; et j'ai perdu ma vie, tout cela par ta faute. Et je te dégoûte maintenant, maudite! maudite! Le Seigneur Dieu voit de là-haut que ce n'est pas ma faute, si j'ai pris le métier de bourreau, mais la tienne, et il te la comptera.

Un cri dément s'arracha de la poitrine de la femme, qui, sous les yeux ardents et la parole véhémente du soldat, voyait vraiment l'enfer s'ouvrir devant elle.

— Tais-toi donc, assassin. Tue-moi, mais ne me torture pas avant. Oh! oh! ne me regarde pas comme ça. Je n'en peux plus, achève-moi, je t'en supplie.

Le caveau dansait devant les yeux d'Ieremeï; Agafia, les cadavres, les murs, la rigole sanglante, tout oscillait, se fondait en lignes courbes, brisées, folles. Il eut l'impression que son corps se perdait dans le tourbillonnement des choses. L'amertume, la détresse, la rage faisaient en lui démoniaque mixture. Et les cris de cette femme qui le déchiraient, et cette odeur de boucherie!

Il saisit son revolver, chaud encore des meurtres précédents, et le posa sur le cou d'Agafia qui ferma les yeux.

Il n'y eut pas de détonation; à l'épaule gauche de la femme, Ieremeï venait de reconnaître un grain de beauté qu'il y avait aperçu déjà un soir, un soir unique dans son existence, et il s'était soudain senti impuissant à tuer, plus faible qu'un enfant qui pleure, plus pitoyable qu'un chien à l'agonie. Et cette détresse ne lui venait plus seulement d'avoir Agafia devant lui, mais d'un sentiment plus vaste, plus profond, plus poignant.

Pour la première fois, depuis qu'il abattait les hommes, Ieremeï avait perçu le sens de son œuvre de bourreau. Jusqu'alors les victimes n'étaient pour lui que des cibles. Maintenant, au petit signe qui venait de l'émouvoir, une révolte souveraine l'avait secoué tout entier et il comprit tout ce qui vibre, et tressaille, et murmure dans le dernier souffle d'un condamné, il comprit que l'on ne peut pas porter la main sur une vie humaine. La prière de son camarade Stéphane résonna à ses oreilles et de sa bouche haletante monta l'acte de repentir, reflet des prêches du pope que, tout enfant, il avait entendu dans la petite église de son village.

— Stéphane, tu avais raison. Je me suis perdu et j'irai devant le jugement du Seigneur Dieu plus malheureux que ceux que j'ai meurtris. J'ai tué par lucre et par désir mauvais, comme un boucher fait tomber les bœufs. C'est le plus grand des péchés de l'homme. Ieremeï aux mains rouges, voilà mon nom désormais pour cette vie et pour l'éternité !

Il s'agenouilla sur le sol gluant.

— Pardonne-moi, mon Dieu, si cela est possible. Et toi, Agafiouchka, merci. Merci, ma petite, merci, ma pauvre, pour la joie que tu m'as donnée et plus encore pour la clarté que tu es venue m'apporter jusqu'ici, jusqu'à mon crime.

Agafia l'écoutait en hochant doucement la tête de son geste familier. Elle ne savait plus si elle était vivante ou morte, mais dans ses nerfs brisés, la voix chantante du soldat versait un calme suave. Ses grands yeux ne quittaient point le visage d'Ieremeï, pleins d'un étonnement attendri, d'un bonheur informulé. Elle dit rêveusement, comme si elle ne comprenait pas le sens de ses mots :

— Mais tu m'aimes donc, Ierocha ? Tu me parles si doucement.

Alors, devant cette femme presque nue, aux cheveux défaits, dans le caveau qui sentait la mort et où traînaient des cadavres, le soldat entendit venir à lui toutes les paroles d'amour des vieilles légendes russes, toutes les paroles caressantes que le cœur populaire a mises dans ses contes et ses chansons, tout ce que les grandes steppes bruissantes, les rivières immenses aux flots lents, les forêts pleines de rêves, ont dicté pendant des siècles aux hommes slaves coiffés de cheveux blonds et dont le regard est bleu. Comme un vol d'oiseaux soyeux, elles entouraient Ieremeï et il en berçait Agafia, qui alors seulement se rappela qu'elle les connaissait.

Quand les soldats, amenant un nouveau condamné, ouvrirent la porte, ils virent le bourreau agenouillé devant une femme qui lui caressait doucement le front et à laquelle il murmurait des aveux infinis et confus.

Le chant de Fedka le Boiteux	11
La poupée	51
L'enfant qui revint	85
Au marché	103
Les deux fous	117
La croix	135
Le caveau n° 7	153

DU MÊME AUTEUR

Aux Éditions Gallimard

LA STEPPE ROUGE, *nouvelles*.
L'ÉQUIPAGE, *roman*.
LE ONZE MAI, en collaboration avec Georges Suarez, *essai*.
AU CAMP DES VAINCUS, en collaboration avec Georges Suarez, illustré par H.P. Gassier, *essai*.
MARY DE CORK, *essai*.
LES CAPTIFS, *roman*.
LES CŒURS PURS, *nouvelles*.
DAMES DE CALIFORNIE, *récit*.
LA RÈGLE DE L'HOMME, illustré par Marise Rudis, *récit*.
BELLE DE JOUR, *roman*.
NUITS DE PRINCES, *récit*.
VENT DE SABLE, frontispice de Geneviève Galibert, *récit*.
WAGON-LIT, *roman*.
STAVISKY, L'HOMME QUE J'AI CONNU, *essai*.
LES ENFANTS DE LA CHANCE, *roman*.
LE REPOS DE L'ÉQUIPAGE, *roman*.
LA PASSANTE DU SANS-SOUCI, *roman*.
LA ROSE DE JAVA, *roman*.
HOLLYWOOD, VILLE MIRAGE, *reportage*.
MERMOZ, *biographie*.
LE TOUR DU MALHEUR, *roman*.
I. La fontaine Médicis.
II. L'affaire Bernan.
III. Les lauriers-roses.
IV. L'homme de plâtre.
AU GRAND SOCCO, *roman*.
LE COUP DE GRÂCE, en collaboration avec Maurice Druon, *théâtre*.

LA PISTE FAUVE, *récit.*
LA VALLÉE DES RUBIS, *roman.*
HONG-KONG ET MACAO, *reportage.*
LE LION, *roman.*
LES MAINS DU MIRACLE, *document.*
AVEC LES ALCOOLIQUES ANONYMES, *document.*
LE BATAILLON DU CIEL, *roman.*
DISCOURS DE RÉCEPTION, à l'Académie française et réponse de M. André Chamson.
LES CAVALIERS, *roman.*
DES HOMMES, *souvenirs.*
LE PETIT ÂNE BLANC, *roman.*
LES TEMPS SAUVAGES, *roman.*
MÉMOIRE D'UN COMMISSAIRE DU PEUPLE, *contes et nouvelles recueillis et présentés par Francis Lacassin.*

Dans la collection Folio Junior

LE PETIT ÂNE BLANC. *Illustrations de Bernard Héron, n° 216.*
LE LION. *Illustrations de Philippe Mignon et Bruno Pilorget, n° 442.*
UNE BALLE PERDUE. *Illustrations de James Prunier et Bruno Pilorget, n° 501.*

Dans la collection 1 000 Soleils

LE LION. *Illustrations de Jean Benoit.*

Traduction

LE MESSIE SANS PEUPLE, par Salomon Poliakov, version française de J. Kessel.

Chez d'autres éditeurs

L'ARMÉE DES OMBRES.
LE PROCÈS DES ENFANTS PERDUS.

NAGAÏKA.
NUITS DE PRINCES *(nouvelle édition)*.
LES AMANTS DU TAGE.
FORTUNE CARRÉE *(nouvelle édition)*.
TÉMOIN PARMI LES HOMMES.
TOUS N'ÉTAIENT PAS DES ANGES.
POUR L'HONNEUR.
LE COUP DE GRÂCE.
TERRE D'AMOUR ET DE FEU.
MARCHÉS D'ESCLAVES.
LES FILS DE L'IMPOSSIBLE.
ŒUVRES COMPLÈTES.

COLLECTION FOLIO

Dernières parutions

2520. Paule Constant — *Le Grand Ghâpal.*
2521. Pierre Magnan — *Les secrets de Laviolette.*
2522. Pierre Michon — *Rimbaud le fils.*
2523. Michel Mohrt — *Un soir, à Londres.*
2524. Francis Ryck — *Le silencieux.*
2525. William Styron — *Face aux ténèbres.*
2526. René Swennen — *Le roman du linceul.*
2528. Jerome Charyn — *Un bon flic.*
2529. Jean-Marie Laclavetine — *En douceur.*
2530. Didier Daeninckx — *Lumière noire.*
2531. Pierre Moinot — *La descente du fleuve.*
2532. Vladimir Nabokov — *La transparence des choses.*
2533. Pascal Quignard — *Tous les matins du monde.*
2534. Alberto Savinio — *Toute la vie.*
2535. Sempé — *Luxe, calme & volupté.*
2537. Abraham B. Yehoshua — *L'année des cinq saisons.*
2538. Marcel Proust — *Les Plaisirs et les Jours* suivi de *L'Indifférent* et autres textes.
2539. Frédéric Vitoux — *Cartes postales.*
2540. Tacite — *Annales.*
2541. François Mauriac — *Zabé.*
2542. Thomas Bernhard — *Un enfant.*
2543. Lawrence Block — *Huit millions de façons de mourir.*
2544. Jean Delay — *Avant Mémoire (tome II).*
2545. Annie Ernaux — *Passion simple.*

2546.	Paul Fournel	*Les petites filles respirent le même air que nous.*
2547.	Georges Perec	*53 jours.*
2548.	Jean Renoir	*Les cahiers du capitaine Georges.*
2549.	Michel Schneider	*Glenn Gould piano solo.*
2550.	Michel Tournier	*Le Tabor et le Sinaï.*
2551.	M. E. Saltykov-Chtchédrine	*Histoire d'une ville.*
2552.	Eugène Nicole	*Les larmes de pierre.*
2553.	Saint-Simon	*Mémoires II.*
2554.	Christian Bohin	*La part manquante.*
2555.	Boileau-Narcejac	*Les nocturnes.*
2556.	Alain Bosquet	*Le métier d'otage.*
2557.	Jeanne Bourin	*Les compagnons d'éternité.*
2558.	Didier Daeninckx	*Zapping.*
2559.	Gérard Delteil	*Le miroir de l'Inca.*
2560.	Joseph Kessel	*La vallée des rubis.*
2561.	Catherine Léprront	*Une rumeur.*
2562.	Arto Paasilinna	*Le meunier hurlant.*
2563.	Gilbert Sinoué	*La pourpre et l'olivier.*
2564.	François-Marie Banier	*Le passé composé.*
2565.	Gonzalo Torrente Ballester	*Le roi ébahi.*
2566.	Ray Bradbury	*Le fantôme d'Hollywood.*
2567.	Thierry Jonquet	*La Bête et la Belle.*
2568.	Marguerite Duras	*La pluie d'été.*
2569.	Roger Grenier	*Il te faudra quitter Florence.*
2570.	Yukio Mishima	*Les amours interdites.*
2571.	J.-B. Pontalis	*L'amour des commencements.*
2572.	Pascal Guignard	*La frontière.*
2573.	Antoine de Saint-Exupéry	*Écrits de guerre (1939-1944).*
2574.	Avraham B. Yehoshua	*L'amant.*
2575.	Denis Diderot	*Paradoxe sur le comédien.*
2576.	Anonyme	*La Châtelaine de Vergy.*
2577.	Honoré de Balzac	*Le Chef-d'œuvre inconnu.*
2578.	José Cabanis	*Saint-Simon l'admirable.*
2579.	Michel Déon	*Le prix de l'amour.*
2580.	Lawrence Durrell	*Le sourire du Tao.*
2581.	André Gide	*Amyntas.*

2582. Hervé Guilbert	*Mes parents.*
2583. Nat Hentoff	*Le diable et son jazz.*
2584. Pierre Mac Orlan	*Quartier Réservé.*
2585. Pierre Magnan	*La naine.*
2586. Naguib Mahfouz	*Chimères.*
2587. Vladimir Nabokov	*Ada ou l'Ardeur.*
2588. Daniel Boulanger	*Un été à la diable.*
2589. Louis Calaferte	*La mécanique des femmes.*
2590. Sylvie Germain	*La Pleurante des rues de Prague.*
2591. Julian Gloag	*N'éveillez pas le chat qui dort.*
2592. J.M.G. Le Clézio	*Étoile errante.*
2593. Louis Malle	*Au revoir, les enfants.*
2595. Jean-Bernard Pouy	*L'homme à l'oreille croquée.*
2596. Reiser	*Jeanine.*
2597. Jean Rhys	*Il ne faut pas tirer des oiseaux du repos.*
2598. Isaac Bashevis Singer	*Gimpel le naïf.*
2599. Andersen	*Contes choisis.*
2600. Jacques Almira	*Le Bar de la Mer.*
2602. Dominique Bona	*Malika.*
2603. John Dunning	*Les mécanos de la mort.*
2604. Oriana Fallaci	*Inchallah.*
2605. Sue Hubbell	*Une année à la campagne.*
2606. Sébastien Japrisot	*Le passager de la pluie.*
2607. Jack Kerouac	*Docteur Sax.*
2608. Ruth Rendell/Helen Simpson	*Heures fatales : L'arboisier/ chair et herbe.*
2609. Tristan Lhermite	*Le Page disgracié.*
2610. Alexandre Dumas	*Les Trois Mousquetaires.*
2611. John Updike	*La concubine de saint Augustin et autres nouvelles.*
2612. John Updike	*Bech est de retour.*
2613. John Updike	*Un mois de dimanches.*
2614. Emanuèle Bernheim	*Le cran d'arrêt.*
2615. Tonino Benacquista	*La commedia des ratés.*
2616. Tonino Benacquista	*Trois carrés rouges sur fond noir.*
2617. Rachid Boudjedra	*FIS de la haine.*
2618. Jean d'Ormesson	*La gloire de l'Empire.*

2619.	Léon Tolstoï	*Résurrection.*
2620.	Ingmar Bergman	*Cris et chuchotements* suivi de *Persona* et de *Le lien.*
2621.	Ingmar Bergman	*Les meilleures intentions.*
2622.	Nina Bouraoui	*Poing mort.*
2623.	Marguerite Duras	*La Vie matérielle.*
2624.	René Frégni	*Les nuits d'Alice.*
2625.	Pierre Gamarra	*Le maître d'école.*
2626.	Joseph Hansen	*Les ravages de la nuit.*
2627.	Félicien Marceau	*Les belles natures.*
2628.	Patrick Modiano	*Un cirque passe.*
2629.	Raymond Queneau	*Le vol d'Icare.*
2630.	Voltaire	*Dictionnaire philosophique.*
2631.	William Makepeace Thackeray	*La foire aux vanités.*
2632.	Julian Barnes	*Love, etc.*
2633.	Lisa Bresner	*Le sculpteur de femmes.*
2634.	Patrick Chamoiseau	*Texaco.*
2635.	Didier Daeninckx	*Play-back.*
2636.	René Fallet	*L'amour baroque.*
2637.	Paula Jacques	*Deborah et les anges dissipés.*
2638.	Charles Juliet	*L'inattendu.*
2639.	Michel Mohrt	*On liquide et on s'en va.*
2640.	Marie Nimier	*L'hypnotisme à la portée de tous.*
2641.	Henri Pourrat	*Bons, pauvres et mauvais diables.*
2642.	Jacques Syreigeol	*Miracle en Vendée.*
2643.	Virginia Woolf	*Mrs. Dalloway.*
2645.	Jerome Charyn	*Elseneur.*
2646.	Sylvie Doizelet	*Chercher sa demeure.*
2647.	Hervé Guibert	*L'homme au chapeau rouge.*
2648.	Knut Hamsun	*Benoni.*
2649.	Knut Hamsun	*La dernière joie.*
2650.	Hermann Hesse	*Gertrude.*
2651.	William Hjortsberg	*Le sabbat dans Central Park.*
2652.	Alexandre Jardin	*Le Petit Sauvage.*
2653.	Philip Roth	*Patrimoine.*
2654.	Rabelais	*Le Quart Livre.*
2655.	Fédor Dostoïevski	*Les Frères Karamazov.*
2656.	Fédor Dostoïevski	*L'Idiot.*

2657.	Lewis Carroll	*Alice au pays des merveilles. De l'autre côté du miroir.*
2658.	Marcel Proust	*Le Côté de Guermantes.*
2659.	Honoré de Balzac	*Le Colonel Chabert.*
2660.	Léon Tolstoï	*Anna Karénine.*
2661.	Fédor Dostoïevski	*Crime et châtiment.*
2662.	Philippe Le Guillou	*La rumeur du soleil.*
2663.	Sempé-Goscinny	*Le petit Nicolas et les copains.*
2664.	Sempé-Goscinny	*Les vacances du petit Nicolas.*
2665.	Sempé-Goscinny	*Les récrés du petit Nicolas.*
2666.	Sempé Goscinny	*Le petit Nicolas a des ennuis.*
2667.	Emmanuèle Bernheim	*Un couple.*
2668.	Richard Bohringer	*Le bord intime des rivières.*
2669.	Daniel Boulanger	*Ursacq.*
2670.	Louis Calaferte	*Droit de cité.*
2671.	Pierre Charras	*Marthe jusqu'au soir.*
2672.	Ya Ding	*Le Cercle du Petit Ciel.*
2673.	Joseph Hansen	*Les mouettes volent bas.*
2674.	Agustina Izquierdo	*L'amour pur.*
2675.	Agustina Izquierdo	*Un souvenir indécent.*
2676.	Jack Kerouac	*Visions de Gérard.*
2677.	Philippe Labro	*Quinze ans.*
2678.	Stéphane Mallarmé	*Lettres sur la poésie.*
2679.	Philippe Beaussant	*Le biographe.*
2680.	Christian Bobin	*Souveraineté du vide* suivi de *Lettres d'or.*
2681.	Christian Bobin	*Le Très-Bas.*
2682.	Frédéric Boyer	*Des choses idiotes et douces.*
2683.	Remo Forlani	*Valentin tout seul.*
2684.	Thierry Jonquet	*Mygale.*
2685.	Dominique Rolin	*Deux femmes un soir.*
2686.	Isaac Bashevis Singer	*Le certificat.*
2687.	Philippe Sollers	*Le Secret.*
2688.	Bernard Tirtiaux	*Le passeur de lumière.*
2689.	Fénelon	*Les aventures de Télémaque.*
2690.	Robert Bober	*Quoi de neuf sur la guerre?*
2691.	Ray Bradbury	*La baleine de Dublin.*
2692.	Didier Daeninckx	*Le der des ders.*
2693.	Annie Ernaux	*Journal du dehors.*
2694.	Knut Hamsun	*Rosa.*
2695.	Yachar Kemal	*Tu écraseras le serpent.*

Composition Interligne
*Impression Société Nouvelle Firmin-Didot
le 23 février 1995.
Dépôt légal : février 1995.
Numéro d'imprimeur : 30117.*
ISBN 2-07-039284-8/Imprimé en France

70270